汪曾祺经典

师友故人忆念中

汪曾祺 著

主编 陈其昌
顾问 汪 朗

译林出版社

一九九七年初在云南

前言

一九九八年五月十八日，在鲁迅纪念馆，由北京市作协和高邮市人民政府联合主办的座谈会上，现任中国文联主席和中国作协主席铁凝为高邮市汪曾祺文学馆题写了“永远怀念汪曾祺老”。

铁凝主席称：“他像一股清风刮过当时的中国文坛，在浩如烟海的短篇小说里，他那些初读似水、再读似酒的名篇，无可争辩地占据着独特隽永、光彩常在的位置。能够靠纯粹文学本身而获得无数读者长久怀念的作家是幸福的。”

他就是他自己，一个从容的“东张西望着，走在自己的路上的可爱的老头。这个老头，安然迎送着每一段或寂寞或热闹的时光，用自己诚实而温馨的文字，用那些平凡而充满灵性的故事，抚慰着常常焦躁不安的世界”。我们认为，铁凝主席的题词和讲话，浓缩了汪老的为人为文的特点和内涵，以及在当代文坛不可替代的位置。

作为汪曾祺研究会会长，陆建华是长期研究汪曾祺的一个标杆。他概括过汪老的文学成就，大意是汪老把中断多年的现代抒情小说这条文学史线索又联系起来，且有自己的追求；汪老的作品显示了旺盛的生命力，继承与发扬民族文化传统对丰富与发展中国当代文学具有重大的现实意义；汪老梦萦故乡的作品以平民的视角写下了脍炙人口的名篇，一直受到广大读者的好评，其“身后文”受到持久不衰的欢迎，这在文学界是少见的。

被评为“扬州五十位文化名人”的朱延庆，说汪老作品中的人和事都有水气，平静如水，流动如水，明澈如水，变化如水，然而有涟漪，甚至波涛。水本无色，而色最丰；水本无形，而形最多。汪老的作品展现了平淡、自然、温和、隽永、五彩缤纷、无穷无尽的世界。我以为，朱公的评述中肯得体，是与汪老自述的“我的家乡是一个水乡，我是在水边长大的。耳目之所接，无非是水。水影响了我的性格，也影响了我作品的风格”一脉相承的，什么高雅、狷介、域外的清风，都与水的变化无常息息相关。正因如此，汪老的作品根植于中华民族优秀文化传统的厚土，又展示了二十世纪现当代百姓的生活画卷。

又如著名文学评论家王干所评：“汪曾祺的文字如秋月当空，明净如水，一尘不染，读罢，心灵如洗。”

在汪老百年诞辰之际，我们愿意跻身如林书海，推出“汪曾祺经典”丛书，既表达我们一“汪”情深，又旨在“传薪光潜德，瞩望在后生”，让汪味的作品得以广泛流传，任人选读，赏心悦目。我们愿以纪念汪老逝世二十周年的祭文作结。

汪公曾祺，星斗其文。爱国爱乡，赤子其人。

文学大家，学贯古今。才华盖世，四海清芬。
大师教诲，刻骨铭心。拜师从文，于师不逊。
佳作精品，妙手绘春。《受戒》传播，天籁之声。
书画诗文，草木有魂。塑造形象，入木三分。
人性为本，真情传神。有益世道，一往情深。
教化人心，隽永天真。乐为人间，频送小温。
瞩望后生，辛勤耕耘。兀兀穷年，久久滋润。
曾祺辞世，佳话遗痕。祭奠汪公，泪不能禁。
魂萦梦绕，不忘汪恩。桑梓乡亲，永远前进。

陈其昌

二〇一九年十一月六日

目录

代序

敬呈道仁夫子

我爱张夫子，辛勤育后生。
汲源来大夏，播火到小城。
新文开道路，博学不求名。
白头甘淡泊，灼灼老人心。

一九八一年十一月　受业

汪曾祺

师恩母爱

——怀念王文英老师

五小（县立第五小学）创立了我们县的第一所幼儿园（当时叫作“幼稚园”），我是幼稚园第一届的学生。幼稚园是新建的，什么都是新的。新的瓦顶，新的砖墙，新的大窗户，新的地板。地板是油漆过的，地板上用白漆漆了一个很大的圆圈，地板门窗发出很好闻的木料的香味。这是我们的教室。教室一边是放玩具的安了玻璃窗的柜橱，一边是一架风琴。教室门前是一片草坪。草坪一侧是滑梯、跷跷板（当时叫作“轩轾板”，这名称很文，我们都不知道为什么叫这样的名称）、沙坑，另一侧有一根粗大的木柱，木柱有顶，中有铁轴，可转动。柱顶垂下七八根

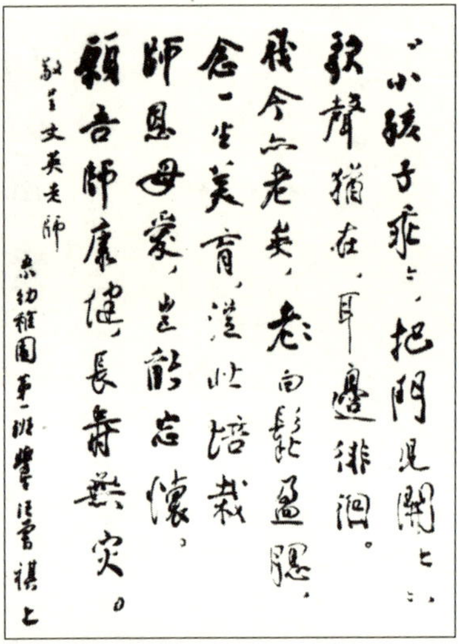

汪曾祺写给王文英的诗

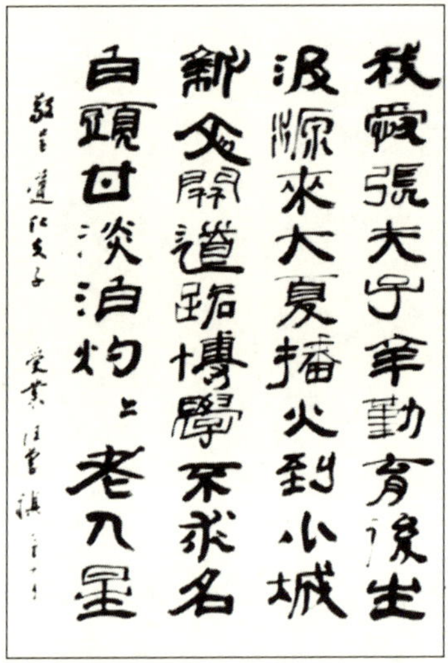

汪曾祺写给张道仁的诗

粗麻绳，小朋友手握麻绳，快走几步，两脚用力蹬地，两腿蜷缩，人即腾起，围着木柱而转。这件体育器材叫作“巨人布”。我至今不明白这东西怎么会叫这样一个奇怪名字，而且我以后再也没有见过这样的奇怪东西。这就是我们的幼稚园，我们真正的乐园。

幼稚园也上下课。课业内容是唱歌、跳舞、游戏。教我们唱歌游戏的是王先生（那时没有“阿姨”这种称呼），名文英，最初学的是简单的短歌：

拉锯，送锯，
你来，我去。
拉一把，推一把，
哗啦哗啦起风啦，

小小狗，快快走，
小小猫，快快跑。

后来学了带一点情节性的表演唱：

母亲要外出，嘱咐孩子关好门，有人叫门，不要开。

狼来了，唱道：

小孩子乖乖，
把门儿开开，
快点儿开开，
我要进来。

不开不开不能开，
母亲不回来，
谁也不能开！

狼依次叫小兔子乖乖、小羊儿乖乖开门，他们都不开。最后叫小螃蟹：

小螃蟹乖乖，
把门儿开开，
快点儿开开，
我要进来。

小螃蟹答应：

就开就开我就开——

小螃蟹开了门，“啊呜！”狼一口把它吃掉了：

合唱：

可怜小螃蟹，
从此不回来！

最后我们能排演有歌有舞，有舞台动作的小歌剧《麻雀和小孩》了。

开头是老麻雀教小麻雀学飞：

飞飞，飞飞，慢慢飞。
要上去就要把头抬，
要下来尾巴摆一摆，
这个样子飞到这里来。

老麻雀出去寻食，老不回来。小孩上，问小麻雀：

小麻雀呀，
你的母亲哪里去了？

小麻雀答：

我的母亲打食去了，

还不回来，

饿得真难受。

小孩把小麻雀接回去，给它喂食充饥。

老麻雀回来，发现女儿不见了，十分焦急，唱：

啊呀不好了，

女儿不见了！

焦焦，

女儿，

年纪小，

不会高飞上树梢。

张道仁与王文英老师

渺渺茫茫路远山遥……

小孩把小麻雀送回来，老麻雀看见女儿，非常高兴，问它是不是饿坏了。女儿说小孩人很好，给它喂了食：

小青虫，小青豆，
吃了一个饱，
我的妈妈呀！

汪曾祺与老师张道仁

老麻雀感谢小孩。

全剧终。

剧情很简单，音乐曲调也很简单，但是感情却很丰富，麻雀母女之情，小孩的善良仁爱，都在小朋友的心灵中留下深刻长久的影响。

所有的歌舞表演都是王文英先生一句一句地教会的。我们在表演时，王先生踏风琴伴奏。我至今听到风琴声音还是很感动。

我在五小毕业，后来又读了初中、高中，人也大了，就很少到幼稚园去看看。十九岁离乡，四方漂泊，一直没有回去过。我一直没有再见过王先生。她和我的初中的教国文的张道仁先生结了婚，我是大了以后才知道的。

一九八一年秋，我应邀回阔别多年的家乡讲学，带了一点北京的果脯去看王先生和张先生，并给他们各送了一首在招待所急就的诗。给王先生的一首不文不白，毫无雕饰。第二天，张先生带着两瓶酒到招待所来看我，我说哪有老师来看学生的道理，还带了酒！张先生说，是王先生一定要他送来的。说王先生看了我的诗，哭了一晚上。这首诗全诗是：

“小孩子乖乖，把门儿开开”，
歌声犹在，耳边徘徊。
我今亦老矣，白髭盈腮。
念一生美育，从此培栽。
师恩母爱，岂能忘怀！
愿吾师康健，长寿无灾。

张先生说，王先生对他说：“我教过那么多学生，长大了，还没有一个来看过我的！”王先生指着“师恩母爱，岂能忘怀”对张先生说：“他进幼稚园的时候还戴着他妈妈的孝！”我这才知道王先生为什么对我特别关心，特别喜爱。张先生反复念了这两句，连说：“师恩母爱！师恩母爱！”

王先生已经去世几年了。我不知道她的准确的寿数，但总是八十以上了。

我觉得幼儿园的老师对小朋友都应该有这样的“师恩母爱”。

一九九六年八月

注释

原载一九九六年九月九日《江苏教育报》。

悔不当初

我一生最大的遗憾是没有把英文学好。

小学六年级就有英文课，但是我除了book、pen之类少数的单词外什么也没有记住。初中原来教英文的是我的一个远房舅舅，行六，是个近视眼，人称“杨六瞎子”，据说他的英文是很好的。但是我进初中时他已经在家享福，不教书了。后来的英文教员都不怎么样。初中三年级教英文的是校长耿同霖，用的课本却是《英文三民主义》——他是国民党党部的什么委员，教学的效果可想而知。因此全校学生的英文被白白地耽误了三年。我读的高中是江阴的南菁中学。南菁中学的数、理、化和英文的程度在江苏省是很有名的。教我们英文的是吴锦棠先生。他是圣约翰大学毕业的，英文很好，能够把《英汉四用辞典》背下来。吴先生原来是西装笔挺很洋气，很英俊的，他的夫人是个美人。夫人死后，吴先生的神经受了刺激，变得很邋遢，脑子也有点糊涂了。他上课是很有趣的。讲《李白大梦》，模仿李白的老婆在李白失踪后到处寻找李白，尖声呼叫；讲《澳洲人打袋鼠》，他会模仿袋鼠的样子，四脚朝天躺在讲桌上。高中一、二年级的英文课本是相当深的，除了兰姆的散文，还有《为什么经典是经典》这样的难懂的论文，有一课是《恺撒大帝》剧本中恺撒遇刺后安东尼在他的尸体前的演讲！除了课本以外，还要背扬州中学编的单页的《英文背诵五百篇》。如果我能把这两册课本学好，把《五百篇》背熟，我的英文会是很不错的。但是我没有做到。原因是：一、我的初中英文基础太差；二、我不用功；三、吴先生糊涂。考试时，他给上一班出的题目都忘了，给下一班出的还是那几道题。月考、大考（学期考试）都是这样。学生知道了，就把上一班的试题留下来，到时候总可以应付。而且吴先生心肠特好，学生的答卷即便文不对题，只要能背下一段来，他也给分。主要还是要怪我自己，不能怪吴先生。这样好的老师，教出了我这么个学生！——我的同班同学有不少是英文很好的。我到现在还常怀念吴先生，并且觉得有点对不起他。

一九三七年暑假后，江阴失陷，我在淮安中学、私立扬州中学、盐城临时中学辗转“借读”，简直没有读什么书。淮安中学教英文的姓过，无锡人，他教的英文实在太浅了，还不到初中一年级程度。我们已经高三了，他却从最起码的拼音教起：d–a，da；d–o，do；d–u，du！

参加大学入学考试时我的英文不知道得了几分，反正够呛。我记得很清楚，有一道题是中翻英，是一段日记：“我刷了牙，刮了脸……”我不知“刮脸”怎么翻，就翻成“把胡子弄掉”！

大一英文是连滚带爬，凑合着及格的。

大二英文，教我们那个班的是一个俄国老太太，她一句中文也不会说，我对她的英文也莫名其妙。期终考试那天，我睡过了头（我任何课上课都不记笔记，到期终借了别的同学的笔记本看，接连开了几个夜车，实在太困了），没有参加考试。因此我的大二英文是零分。

不会英文，非常吃亏。

作为一个作家，有时难免和外国人见面座谈、宴会，见面握手寒暄，说不了一句整话，只好傻坐着，显得非常愚蠢。

偶尔出国，尤其不便。我曾到美国爱荷华参加国际写作计划。几乎所有的外国作家都能说英语，我不会，离不开翻译一步。或作演讲，翻译得不大准确，也没有办法。我曾作过一个关于中国艺术的“留白”特点的演讲，提到中国画的构图常不很满，比如马远，有些画只占一个角，被称为“马一角”，翻译的女士翻成了“一只角的马”（美国有一种神话传说中的马，额头有一只角），我知道她翻得不对，但也没有纠正，因为我也不知道“马一角”在英语中该怎么说。有些外国作家，尤其是拉丁美洲的作家，不知道为什么对我很感兴趣，但只通过翻译，总不能直接交流感情。有一位女士眼睛很好看，我说她的眼睛像两颗黑李子，大陆去的翻译也没有办法，他不知道英语的黑李子该怎么说。后来是一位台湾诗人替我翻译了告诉她，她才非常高兴地说：“哦！谢谢你！”台湾的作家英文都不错，这一点，优于大陆作家。

最别扭的是：不能读作品的原著。外国作品，我都是通过译文看的。我所接受的西方文学的影响，其实是译文的影响。六朝高僧译经，认为翻译是“嚼饭哺人”，我吃的其实是别人嚼过的饭。我很喜欢海明威的风格，但是海明威的风格究竟是怎么回事，我真说不上来，我没有读过他的一本原著。我有时到鲁迅文学院等处讲课，也讲到海明威，但总是隔靴搔痒，说不到点子上。

再有就是对用英文翻译的自己的作品看不懂，更不用说是提意见。我有一篇小说《受戒》译成英文。这篇小说里有三副对联，我想：这怎么翻呢？后来看看译文，译者用了一个干净绝妙的主意：把对联全部删去了。我有个英文很棒的朋友，说是他是能翻的。我如果自己英文也很棒，我也可以自己翻！

我觉得不会外文（主要是英文）的作家最多只能算是半个作家。这对我说起来，是一个惨痛的、无可挽回的教训。我已经七十二岁，再从头学英文，来不及了。

我诚恳地奉劝中青年作家，学好英文。

学英文，得从中学抓起。一定要选择好的英文教员。如果英文教员不好，将贻误学生一辈子。

希望教育部门一定要重视这个问题。

一九九二年

注释

原载《时代青年》一九九三年第四期。

西南联大中文系

西南联大中文系的教授有清华的，有北大的，应该也有南开的。但是哪一位教授是南开的，我记不起来了，清华的教授和北大的教授有什么不同，我实在看不出来。联大的系主任是轮流坐庄。朱自清先生当过一段系主任。担任系主任时间较长的，是罗常培先生。学生背后都叫他“罗长官”。罗先生赴美讲学，闻一多先生代理过一个时期。在他们“当政”期间，中文系还是那个老样子，他们都没有一套“施政纲领”。事实上当时的系主任“为官清简”，近于无为而治。中文系的学风和别的系也差不多：民主、自由、开放。当时没有“开放”这个词，但有这个事实。中文系似乎比别的系更自由。工学院的机械制图总要按期交卷，并且要严格评分的；理学院要做实验，数据不能马虎。中文系就没有这一套。记得我在皮名举先生的“西洋通史”课上交了一张规定的马其顿国的地图，皮先生阅后，批了两行字：“阁下之地图美术价值甚高，科学价值全无。”似乎这样也可以了。总而言之，中文系的学生更为随便，中文系体现的“北大”精神更为充分。

如果说西南联大中文系有一点什么“派”，那就只能说是“京派”。西南联大有一本《大一国文》，是各系共同必修。这本书编得很有倾向性。文言文部分突出地选了《论语》，其中最突出的是《子路曾皙冉有公西华侍坐》。“暮春者，春服既成，冠者五六人，童子六七人，浴乎沂，风乎舞雩，咏而归”，这种超功利的生活态度，接近庄子思想的率性自然的儒家思想对联大学生有相当深广的潜在影响。还有一篇李清照的《金石录后序》。一般中学生都读过一点李清照的词，不知道她能写这样感情深挚、挥洒自如的散文。这篇散文对联大文风是有影响的。语体文部分，鲁迅的选的是《示众》。选一篇徐志摩的《我所知道的康桥》，是意料中事。选了丁西林的《一只马蜂》，就有点特别。更特别的是选了

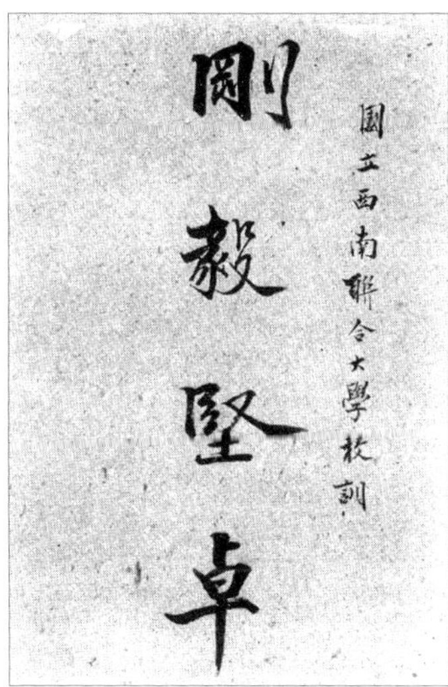

国立西南联合大学校训

林徽因的《窗子以外》。这一本《大一国文》可以说是一本“京派国文”。严家炎先生编中国流派文学史，把我算作最后一个“京派”，这大概跟我读过联大有关，甚至是和这本《大一国文》有点关系。这是我走上文学道路的一本启蒙的书。这本书现在大概是很难找到了。如果找得到，翻印一下，也怪有意思的。

“京派”并没有人老挂在嘴上。联大教授的“派性”不强。唐兰先生讲甲骨文，讲王观堂（国维）、董彦堂（董作宾），也讲郭鼎堂（沫若），——他讲到郭沫若时总是叫他“郭沫（读如妹）若”。闻一多先生讲（写）过“擂鼓的诗人”，是大家都知道的。

联大教授讲课从来无人干涉，想讲什么就讲什么，想怎么讲就怎么讲。刘文典先生讲了一年庄子，我只记住开头一句：“《庄子》嘿，我是不懂的喽，也没有人懂。”他讲课是东拉西扯，有时扯到和庄子毫不相干的事。倒是有些骂人的话，留给我的印象颇深。他说有些搞校勘的人，只会说甲本作某，乙本作某，——“到底应该作什么？”骂有些注解家，只会说甲如何说，乙如何说，“你怎么说？”他还批评有些教授，自己拿了一个有注解的本子，发给学生的是白文，“你把注解发给学生！要不，你也拿一本白文！”他的这些意见，我以为是对的。他讲了一学期《文选》，只讲了半篇木玄虚的《海赋》。好几

国立西南联合大学校徽

堂课大讲“拟声法”。他在黑板上写了一个挺长的法国字，举了好些外国例子。曾见过几篇老同学的回忆文章，说闻一多先生讲楚辞，一开头总是“痛饮酒熟读《离骚》，方称名士”。有人问我，“是不是这样？”是这样。他上课，抽烟。上他的课的学生，也抽。他讲唐诗，不蹈袭前人一语。讲晚唐诗和后期印象派的画一起讲，特别讲到“点画派”。中国用比较文学的方法讲唐诗的，闻先生当为第一人。他讲《古代神话与传说》非常“叫座”。上课时连工学院的同学都穿过昆明城，从拓东路赶来听。那真是“满坑满谷”，昆中北院大教室里里外外都是人。闻先生把自己在整张毛边纸上手绘的伏羲女娲图钉在黑板上，把相当烦琐的考证，讲得有声有色，非常吸引人。还有一堂“叫座”的课是罗庸（膺中）先生讲杜诗。罗先生上课，不带片纸。不但杜诗能背写在黑板上，连仇注都背出来。唐兰（立厂）先生讲课是另一种风格。他是教古文字学的，有一年忽然开了一门“词选”，不知道是没有人教，还是他自己感兴趣。他讲“词选”主要讲《花间集》（他自己一度也填词，极艳）。他讲词的方法是：不讲。有时只是用无锡腔调念（实是吟唱）一遍：“‘双鬓隔香

國立西南聯合大學校刊

第七期

本刊啓事

本刊原定每星期出版一次，已出至第七期，現因暑假期內，公務減少，經常務委員會通過，「改爲不定期，遇必要時隨時出版。」自第八期起實行。此啓

佈告

部令

教育部訓令

第七期要目

国立西南联合大学校刊

红，玉钗头上风’——好！真好！”这首词就pass了。沈从文先生在联大开过三门课：“各体文习作”“创作实习”“中国小说史”。沈先生怎样教课，我已写了一篇《沈从文先生在西南联大》，发表在《人民文学》上，兹不赘。他讲创作的精义，只有一句“贴到人物来写”。听他的课需要举一隅而三隅反，否则就会觉得“不知所云”。

联大教授之间，一般是不互论长短的。你讲你的，我讲我的。但有时放言月旦，也无所谓。比如唐立厂先生有一次在办公室当着一些讲师、助教，就评论过两位教授，说一个“集穿凿附会之大成”，一个“集啰唆之大成”。他不考虑有人会去“传小话”，也没有考虑这两位教授会因此而发脾气。

西南联大中文系教授对学生的要求是不严格的。除了一些基础课，如文字学（陈梦家先生授）、声韵学（罗常培先生授）要按时听课，其余的，都较随便。比较严一点的是朱自清先生的“宋诗”。他一首一首地讲，要求学生记笔记，背，还要定期考试，小考，大考。有些课，也有考试，考试也就是那么回事。一般都只是学期终了，交一篇读书报告。联大中文系读书报告不重抄书，而重有无独创性的见解。有的可以说是怪论。有一个同学交了一篇关于李贺的报告给闻先生，说别人的诗都是在白底子上画画，李贺的诗是在黑底子上画画，所以颜色特别浓烈，大为闻先生激赏。有一个同学在杨振声先生教的“汉魏六朝诗选”课上，就“车轮生四角”这样的合乎情悖乎理的想象写了一篇很短的报告《方车轮》。就凭这份报告，在期终考试时，杨先生宣布该生可以免考。

联大教授大都很爱才。罗常培先生说过，他喜欢两种学生：

春兰兮秋菊，长无绝兮终古。
贺政道校友六十寿辰　西南联大校友会
汪曾祺作画

一种，刻苦治学；一种，有才。他介绍一个学生到联大先修班去教书，叫学生拿了他的亲笔介绍信去找先修班主任李继侗先生。介绍信上写的是“……该生素具创作夙慧。……”一个同学根据另一个同学的一句新诗（题一张抽象派的画的）“愿殿堂毁塌于建成之先”填了一首词，作为“诗法”课的练习交给王了一先生，王先生的评语是：“自是君身有仙骨，剪裁妙处不须论。”具有“夙慧”，有“仙骨”，这种对于学生过甚其词的评价，恐怕是不会出之于今天的大学教授的笔下的。

我在西南联大是一个不用功的学生，常不上课，但是乱七八糟看了不少书。有一个时期每天晚上到系图书馆去看书。有时只我一个人。中文系在新校舍的西北角，墙外是坟地，非常安静。在系里看书不用经过什么借书手续，架上的书可以随便抽下一本来看。而且可抽烟。有一天，我听到墙外有一派细乐的声音。半夜里怎么会有乐声，在坟地里？我确实是听见的，不是错觉。

我要不是读了西南联大，也许不会成为一个作家。至少不会成为一个像现在这样的作家。我也许会成为一个画家。如果考不取联大，我准备考当时也在昆明的国立艺专。

一九八八年

我的老师沈从文

一九三七年，日本人占领了江南各地，我不能回原来的中学读书，在家闲居了两年。除了一些旧课本和从祖父的书架上翻出来的《岭表录异》之类的杂书，身边的“新文学”只有一本屠格涅夫的《猎人日记》和一本上海一家野鸡书店盗印的《沈从文小说选》。两年中，我反反复复地看着的，就是这两本书。所以反复地看，一方面是因为没有别的好书看，一方面也因为这两本书和我的气质比较接近。我觉得这两本书某些地方很相似。这两本书甚至形成了我对文学，对小说的概念。我的父亲见我反复地看这两本书，就也拿去看。他是看过《三国》《水浒》《红楼梦》的。

看了这两本书，问我："这也是小说吗？"我看过林琴南翻译的《说部丛刊》，看过张恨水的《啼笑因缘》，也看过巴金、郁达夫的小说，看了《猎人日记》和沈先生的小说，发现：哦，原来小说是可以这样的，是写这样一些人和事，是可以这样写的。

我在中学时并未有志于文学。在昆明参加大学联合招生，在报名书上填写"志愿"时，提笔写下了"西南联大中国文学系"，是和读了《沈从文小说选》有关系的。当时许多学生报考西南联大都是慕名而来。这里有朱自清、闻一多、沈从文。——其他的教授是入学后才知道的。

沈先生在联大开过三门课："各体文习作"、"创作实习"和"中国小说史"。"各体文习作"是本系必修课，其余两门是选修，我是都选了的。因此一九四一、四二、四三年，我都上过沈先生的课。

"各体文习作"这门课的名称有点奇怪，但倒是名副其实的，教学生习作各体文章。有时也出题目。我记得沈先生在我的上一班曾出过"我们小庭院有什么"这样的题目，要求学生写景物兼

沈从文

及人事。有几位老同学用这题目写出了很清丽的散文，在报刊上发表了，我都读过。据沈先生自己回忆，他曾给我的下几班同学出过一个题目，要求他们写一间屋子里的空气。我那一班出过什么题目，我倒都忘了。为什么出这样一些题目呢？沈先生说：先得学会做部件，然后才谈得上组装。大部分时候，是不出题目的，由学生自由选择，想写什么就写什么。这课每周一次。学生在下面把车好、刨好的文字的零件交上去。下一周，沈先生就就这些作业来讲课。

说实在话，沈先生真不大会讲课。看了《八骏图》，那位教创作的达士先生好像对上课很在行，学期开始之前，就已经定好了十二次演讲的内容，你会以为沈先生也是这样。事实上全不是那回事。他不像闻先生那样：长髯垂胸，双目炯炯，富于表情，语言的节奏性很强，有很大的感染力；也不像朱先生那样：讲解很系统，要求很严格，上课带着卡片，语言朴素无华，然而扎扎实实。沈先生的讲课可以说是毫无系统，——因为就学生的文章来谈问题，也很难有系统，大都是随意而谈，声音不大，也不好懂。不好懂，是因为他的湘西口音一直未变，——他能听懂很多地方的方言，也能学说得很像，可是自己讲话仍然是一口凤凰话；也因为他的讲话内容不好捉摸。沈先生是个思想很流动跳跃的人，常常是才说东，忽而又说西。甚至他写文章时也是这样，有时真会离题万里，不知说到哪里去了，用他自己的话说，是“管不住手里的笔”。他的许多小说，结构很均匀缜密，那是用力“管”住了笔的结果。他的思想的跳动，给他的小说带来了文体上的灵活，对讲课可不利。

沈先生真不是个长于逻辑思维的人，他从来不讲什么理论。

他讲的都是自己从刻苦的实践中摸索出来的经验之谈，没有一句从书本上抄来的话。——很多教授只会抄书。这些经验之谈，如果理解了，是会终身受益的。遗憾的是，很不好理解。比如，他经常讲的一句话是："要贴到人物来写。"这句话是什么意思呢？你可以作各种深浅不同的理解。这句话是有很丰富的内容的。照我的理解是：作者对所写的人物不能用俯视或旁观的态度。作者要和人物很亲近。作者的思想感情，作者的心要和人物贴得很紧，和人物一同哀乐，一同感觉周围的一切（沈先生很喜欢用"感觉"这个词，他老是要学生训练自己的感觉）。什么时候你"捉"不住人物，和人物离得远了，你就只好写一些似是而非的空话。一切从属于人物。写景、叙事都不能和人物游离。景物，得是人物所能感受得到的景物。得用人物的眼睛来看景物，用人物的耳朵来听，用人物的鼻子来闻嗅。《丈夫》里所写的河上的晚景，是丈夫所看到的晚景。《贵生》里描写的秋天，是贵生感到的秋天。写景和叙事的语言和人物的语言（对话）要相协调。这样，才能使通篇小说都渗透了人物，使读者在字里行间都感觉到人物，——同时也就感觉到作者的风格。风格，是作者对人物的感受。离开了人物，风格就不存在。这些，是要和沈先生相处较久，读了他许多作品之后，才能理解得到的。单是一句"要贴到人物来写"，谁知道是什么意思呢？又如，他曾经批评过我的一篇小说，说："你这是两个聪明脑袋在打架！"让一个第三者来听，他会说："这是什么意思？"我是明白的。我这篇小说用了大量的对话，我尽量想把对话写得深一点，美一点，有诗意，有哲理。事实上，没有人会这样地说话，就是两个诗人，也不会这样地交谈。沈先生这句话等于说：这是不真实的。沈先生自己小说里的对话，大都是平平常常的话，但是一样还是使人感觉到人物，觉得美。从此，我就尽量把对话写得朴素一点，真切一点。

沈先生是那种“用手来思索”的人（巴甫连科说作家是用手来思索的）他用笔写下的东西比用口讲出的要清楚得多，也深刻得多。使学生受惠的，不是他的讲话，而是他在学生的文章后面所写的评语。沈先生对学生的文章也改的，但改得不多，但是评语却写得很长，有时会比本文还长。这些评语有的是就那篇习作来谈的，也有的是由此说开去，谈到创作上某个问题。这实在是一些文学随笔。往往有独到的见解，文笔也很讲究。老一辈作家大都是“执笔则为文”，不论写什么，哪怕是写一个便条，都是当一个“作品”来写的。——这样才能随时锻炼文笔。沈先生历年写下的这种评语，为数是很不少的，可惜没有一篇留下来。否则，对今天的文学青年会是很有用处的。

除了评语，沈先生还就学生这篇习作，挑一些与之相近的作品，他自己的，别人的，——中国的外国的，带来给学生看。因此，他来上课时都抱了一大堆书。我记得我有一次写了一篇描写一家小店铺在上板之前各色各样人的活动，完全没有故事的小说，他就介绍我看他自己写的《腐烂》（这篇东西我过去未看过）。看看自己的习作，再看看别人的作品，比较吸收，收效很好。沈先生把他自己的小说总集叫作《沈从文小说习作选》，说这都是为了给上创作课的学生示范，有意地试验各种方法而写的，这是实情，并非故示谦虚。

沈先生这种教写作的方法，到现在我还认为是一种很好的方法，甚至是唯一可行的方法。我倒希望现在的大学中文系教创作的老师也来试试这种方法。可惜愿意这样教的人不多；能够这样教的，也很少。

“创作实习”上课和“各体文习作”也差不多，只是有时较有系统地讲讲作家论。“小说史”使我读了不少中国古代小说。那时小说史资料不易得，沈先生就自己用毛笔小行书抄录在昆明所产的竹纸上，分给学生去看。这种竹纸高可一尺，长约半丈，折起来像一个经卷。这些资料，包括沈先生自己辑录的罕见的资料，辗转流传，全都散失了。

沈先生是我见到的一个少有的勤奋的人。他对闲散是几乎不能容忍的。联大有些学生，穿着很“摩登”的西服，头上涂了厚厚的发蜡，走路模仿克拉克·盖博（克拉克·盖博是三十到四十年代的美国电影明星，一天喝咖啡、参加舞会，无所事事）。沈先生管这种学生叫“火奴鲁鲁”——“哎，这是个火奴鲁鲁！（火奴鲁鲁即檀香山）”至于沈先生为什么把这样的学生叫作“火奴鲁鲁”，我到现在还不明白。他最反对打扑克，以为把生命这样地浪费掉，实在不可思议。他曾和几个作家在井冈山住了一些时候，对他们成天打扑克很不满意，“一天打扑克，——在井冈山这种地方！哎！”

除了陪客人谈天，我看到沈先生，都是坐在桌子前面，写。他这辈子写了多少字呀。有一次，我和他到一个图书馆去，在一排一排的书架前面，他说：“看到有那么多人写了那么多的书，我真是什么也不想写了。”这句话与其说是悲哀的感慨，不如说是对自己的鞭策。他的文笔很流畅，有一个时期且被称为多产作家，三十年代到四十年代，十年中他出了四十个集子，你会以为他写起来很轻易。事实不是那样。除了《从文自传》是一挥而就，写成之后，连看一遍也没有，就交出去付印之外，其余的作品都写得很艰苦。他的《边城》不过六七万字，写了半年。据他自己告诉我，那时住在北京的达子营，巴金住在他家。他那时还有个“客厅”。巴金在客厅里写，沈先生在院子里写。半年之间，巴金写了一个长篇，沈先生却只写了一个《边城》。我曾经看过沈先生的原稿（大概是《长河》），他不用稿纸，写在一个硬面的练习本上，把横格竖过来写。他不用自来水笔，用蘸水钢笔（他执钢笔的手势有点像执毛笔，执毛笔的手势却又有点像拿钢笔）。这原稿真是“一塌糊涂”，勾来画去，改了又改。他真干过这样的事：把原稿一条一条地剪开，一句一句地重新拼合。他说他自己的作品是“一个字一个字地雕出来的”，这不是夸张的话。他早年常流鼻血。大概是因为血小板少，血液不易凝固，流起来很难止住。有时夜里写作，鼻血流了一大摊，邻居发现他伏在血里，以为他已经完了。我就亲见过他的沁着血的手稿。

因为日本飞机经常到昆明来轰炸，很多教授都“疏散”到了乡下。沈先生也把家搬到了呈贡附近的桃源新村。他每个星期到城里来住几天，住在文林街教员宿舍楼上把角临街的一间屋子里，房屋很简陋。昆明的房子，大都不盖望板，瓦片直接搭在椽子上，晚上从瓦缝中可见星光、月光。下雨时，漏了，可以用竹竿把瓦片顶一顶，移密就疏，办法倒也简便。沈先生一进城，他这间屋子里就不断有客人。来客是各色各样的，有校外的，也有校内的教授和学生。学生也不限于中文系的，文、法、理、工学院的都有。不论是哪个系的学生都对文学有兴趣，都看文学书，有很多理工科同学能写很漂亮的文章，这大概可算是西南联大的一种学风。这种学风，我以为今天应该大力地提倡。沈先生只要进城，我是一定去的。去还书，借书。

沈先生的知识面很广，他每天都看书。现在也还是这样。去年，他七十八岁了，我上他家去，沈师母还说："他一天到晚看书。——还都记得！"他看的书真是五花八门，他叫这是"杂知识"。他的藏书也真是兼收并蓄。文学书、哲学书、道教史、马林诺斯基的人类学、亨利·詹姆斯、弗洛伊德、陶瓷、髹漆、糖霜、观赏植物……大概除了《相对论》，在他的书架上都能找到。我每次去，就随便挑几本，看一个星期（我在西南联大几年，所得到的一点"学问"，大部分是从沈先生的书里取来的）。

他的书除了自己看，买了来，就是准备借人的。联大很多学生手里都有一两本扉页上写着"上官碧"的名字的书。沈先生看过的书大都做了批注。看一本陶瓷史，铺天盖地，全都批满了，又还粘了许多纸条，密密地写着字。这些批注比正文的字数还要多。很多书上，做了题记。题记有时与本书无关，或记往事，或抒感慨。有些题记有着只有本人知道的"本事"，别人不懂。比如，有一本书后写着："雨季已过，无虹可看矣。"有一本后面题着："某月日，见一大胖女人从桥上过，心中十分难过。"前一条我可以约略知道，后一条则不知所谓了。为什么这个大胖女人使沈先生心中十分难过呢？我对这些题记很感兴趣，觉得很有意思，而且自成一种文体，所以到现在还记得。他的藏书几经散失。去年我去看他，书架上的书大都是近年买的，我所熟识的，似只有一函《少室山房全集》了。

沈先生对美有一种特殊的敏感。他对美的东西有着一种炽热的、生理的、近乎是肉欲的感情。美使他惊奇，使他悲哀，使他沉醉。他搜罗过各种美术品。在北京，他好几年搜罗瓷器。待客的茶杯经常变换，也许是一套康熙青花，也许是鹧鸪斑的浅盏，

年轻时的沈从文

也许是日本的九谷瓷。吃饭的时候，客人会放下筷子，欣赏起他的雍正粉彩大盘，把盘里的韭黄炒鸡蛋都搁凉了。在昆明，他不知怎么发现了一种竹胎的缅漆的圆盒，黑红两色的居多，间或有描金的，盒盖周围有极繁复的花纹，大概是用竹笔刮绘出来的，有云龙花草，偶尔也有画了一圈趺坐着的小人的。这东西原是奁具，不知是什么年代的，带有汉代漆器的风格而又有点少数民族的色彩。

他每回进城，除了置买杂物，就是到处寻找这东西（很便宜的，一只圆盆比一个粗竹篮贵不了多少）。他大概前后搜集了有几百，而且鉴赏越来越精，到后来，稍一般的，就不要了。我常常随着他满城乱跑，去衰货摊上觅宝。有一次买到一个直径一尺二的大漆盒，他爱不释手，说："这可以做一个《红黑》的封面！"有一阵又不知从哪里找到大批苗族的挑花，白色的土布，用色线（蓝线或黑线）挑出精致而天真的图案。有客人来，就摊在一张琴案上，大家围着看，一人手里捧着一杯茶，不断发出惊叹的声音。抗战后，回到北京，他又买了很多旧绣货：扇子套、眼镜套、槟榔荷包、枕头顶，乃至帐檐、飘带……（最初也很便宜，后来就十分昂贵了。）后来又搞丝绸，搞服装。他搜罗工艺品，是最不功利，最不自私的。他花了大量的钱买这些东西，不是以为奇货可居，也不是为了装点风雅，他是为了使别人也能分尝到美的享受，真是“与朋友共，敝之而无憾”。他的许多藏品都不声不响地捐献给国家了。北京大学博物馆初成立的时候，玻璃柜里的不少展品就是从中老胡同沈家的架上搬去的。昆明的熟人的案上几乎都有一个两个沈从文送的缅漆圆盒，用来装芙蓉糕、萨其马或邮票、印泥之类杂物。他的那些名贵的瓷器，我近二年去看，已经所剩无几了，就像那些扉页上写着“上官碧”名字的书一样，都到了别人的手里。

沈从文欣赏的美，也可以换一个字，是“人”。他不把这些工艺品只看成是“物”，他总是把它和人联系在一起。他总是透过“物”看到“人”。对美的惊奇，也是对人的赞叹。这是人的劳绩，人的智慧，人的无穷的想象，人的天才的、精力弥满的双手所创造出来的呀！他在称赞一个美的作品时所用的语言是充满感情的，也颇特别，比如：“那样准确，准确得可怕！”他常常对着一幅织锦缎或者一个“七色晕”的绣片惊呼：“真是了不得！”“真不可想象！”他到了杭州，才知道故宫龙袍上的金线，是瞎子在一个极薄的金箔上凭手的感觉割出来的。“真不可想象！”有一次他和我到故宫去看瓷器，有几个莲子盅造型极美，我还在流连赏玩，他在我耳边轻轻地说：“这是按照一个女人的奶子做出来的。”

沈从文从一个小说家变成一个文物专家，国内国外许多人都觉得难以置信。这在世界文学史上似乎尚无先例。对我说起来，倒并不认为不可理解。这在沈先生，与其说是改弦更张，不如说是轻车熟路。这有客观的原因，也有主观原因。但是五十岁改行，总是件冒险的事。我以为沈先生思想缺乏条理，又没有受过“科学方法”的训练，他对文物只是一个热情的欣赏者，不长于冷静的分析，现在正式“下海”，以此作为专业，究竟能搞出多大成就，最初我是持怀疑态度的。直到前二年，我听他谈了一些文物方面的问题，看到他编纂的《中国服装史资料》的极小一部分图片，我才觉得，他钻了二十年，真把中国的文物钻通了。他不但钻得很深，而且，用他自己的说法：解决了一个问题，其他问题就“顷刻”解决了。服装史是个拓荒工作。他说现在还是试验，成不成还不知道。但是我觉得：填补了中国文化史研究的一个重要的空白，对历史、戏剧等方面将发生很大作用，一个人一辈子做出这样一件事，也值了！《服装史》终于将要出版了，这对于沈先生的熟人，都是很大的安慰。因为治服装史，他又搞了许多副产品。他搞了扇子的发展，马戏的发展（沈从文这个名字和“马戏”联系在一起，真是谁也没有想到的）。他从人物服装，断定号称故宫藏画最早的一幅展子虔《游春图》不是隋代的而是晚唐的东西。他现在在手的研究专题就有四十个。其中有一些已经完成了（如“陶瓷史”），有一些正在做。他在去年写的一篇散文《忆翔鹤》的最后说“一息尚存，即有责任待尽”，不是一句空话。沈先生是一个不知老之将至的人，另一方面又有“时不我与”之感，所以他现在工作加倍地勤奋。沈师母说他常常一坐下来就是十几个小时。沈先生是从来没有休息的。他的休息只是写写字。是一股什么力量催着一个年近八十的老人这样孜孜矻矻，不知疲倦地工作着的呢？我以为：是炽热而深沉的爱国主义。

沈从文从一个小说家变成了一个文物专家，对国家来说，孰得孰失，且容历史去做结论吧。许多人对他放下创作的笔感到惋惜，希望他还能继续写文学作品。我对此事已不抱希望了。人老了，驾驭文字的能力就会衰退。他自己也说他越来越“管不住手里的笔”了。但是看了《忆翔鹤》，改变了我的看法。这篇文章还是写得那样流转自如，毫不枯涩，旧日文风犹在，而且更加炉火纯青了。他的诗情没有枯竭，他对人事的感受还是那样精细锐敏，他的抒情才分因为世界观的成熟变得更明净了。那么，沈老师，在您的身体条件许可下，兴之所至，您也还是写一点吧。

朱光潜先生在一篇谈沈从文的短文中，说沈先生交游很广，但朱先生知道，他是一个寂寞的人。吴祖光有一次跟我说：“你们老师不但文章写得好，为人也是那样好。”他们的话都是对的。沈先生的客人很多，但都是君子之交，言不及利。他总是用一种含蓄的热情对人，用一种欣赏的、抒情的眼睛看一切人。对前辈、朋友、学生、家人、保姆，都是这样。他是把生活里的人都当成一个作品中的人物去看的。他津津乐道的熟人的一些细节，都是小说化了的细节。大概他的熟人也都那样感觉到这一点，他们在沈先生的客座（有时是一张破椅子，一个小板凳）上也就不大好意思谈出过于庸俗无聊的话，大都是上下古今，天南地北地闲谈一阵，喝一盏清茶，抽几支烟，借几本书和他所需要的资料（沈先生对来借资料的，都是有求必应），就走了。客人一走，沈先生就坐到桌子跟前拿起笔来了。

沈先生对曾经帮助过他的前辈是念念不忘的，如林宰平先生、杨今甫（振声）先生、徐志摩。林老先生我未见过，只在沈先生处见过他所写的字。杨先生也是我的老师，这是个非常爱才的人。沈先生在几个大学教书，大概都是出于杨先生的安排。他是中篇小说《玉君》的作者。我在昆明时曾在我们的系主任罗莘田先生的案上见过他写的一篇游戏文章《释鳏》，是写联大的光棍教授的生活的。杨先生多年过着独身生活。他当过好几个大学的文学院长，衬衫都是自己洗烫，然而衣履精整，窗明几净，左图右史，自得其乐，生活得很潇洒。他对后进青年的作品是很关心的。他曾经托沈先生带话，叫我去看看他。我去了，他亲自洗壶涤器，为我煮了咖啡，让我看了沈尹默给他写的字，说："尹默的字超过明朝人"；又让我看了他的藏画，其中有一套姚茫父的册页，每一开的画芯只有一个火柴盒大，却都十分苍翠雄浑，是姚画的难得的精品。坐了一个多小时，我就告辞出来了。他让我去，似乎只是想跟我随便聊聊，看看字画。沈先生夫妇是常去看杨先生的，想来情形亦当如此。徐志摩是最初发现沈从文的才能的人。沈先生说过，如果没有徐志摩，他就不会成为作家，他也许会去当警察，或者随便在哪条街上倒下来，糊里糊涂地死掉了。沈先生曾和我说过许多这位诗人的逸事。诗人，总是有些倜傥不羁的。沈先生说徐志摩有一次上课，讲英国诗，从口袋里摸出一个大烟台苹果，一边咬着，一边说："中国是有好东西的！"

沈先生常谈起的三个朋友是梁思成、林徽因、金岳霖。梁思成后来我在北京见过，林徽因一直没有见着，他们都是学建筑的。我因为沈先生的介绍，曾看过《营造法式》之类的书，知道什么叫"一斗三升"，对赵州桥、定州塔发生很大的兴趣。沈先生的好多册《营造学报》一直在我手里，直到"文化大革命"，才被"处理"了。从沈先生口中，我知道梁思成有一次为了从一个较远的距离观测一座古塔内部的结构，一直往后退，差一点从塔上掉了下去。林徽因对文学艺术的见解是为徐志摩、杨今甫、沈从文等一代名流所倾倒的。这是一个真正的中国的“沙龙女性”，一个中国的弗吉尼亚·伍尔夫。她写的小说如《窗子以外》《九十九度中》，别具一格。和废名的《桃园》《竹林的故事》一样，都是现代中国文学里不可忽视的作品。现在很多人在谈论“意识流”，看看林徽因的小说，就知道不但外国有，中国也早就有了。她很会谈话，发着三十九度以上的高烧，还半躺在客厅里，和客人剧谈文学艺术问题。

金岳霖是个通人情、有学问的妙人，也是一个怪人。他是我的老师，大学一年级时，教“逻辑”，这是文法学院的共同必修课。教室很大，学生很多。他的眼睛有病，有一个时期戴的眼镜一边的镜片是黑的，一边是白的。头上整年戴一顶旧呢帽。每学期上第一课都要首先声明：“对不起，我的眼睛有病，不能摘下帽子，不是对你们不礼貌。”“逻辑”课有点近似数学，是有习题的。他常常当堂提问，叫学生回答。那指名的方式却颇为特别。“今天，所有穿红毛衣的女士回答。”他闭着眼睛用手一指，一个女士就站了起来。“今天，梳两条辫子的回答。”因为“逻辑”这玩意对乍从中学出来的女士和先生都很新鲜，学生也常提出问题来问他。有一个归侨学生叫林国达，最爱提问，他的问题往往很奇怪。金先生叫他问得没有办法，就反过来问他：“林国达，我问你一个问题：‘林国达先生是垂直于黑板的’，这是什么意思？”——林国达后来在一次游泳中淹死了。金先生教逻辑，看的小说却很多，从乔伊斯的《尤利西斯》到平江不肖生的《江湖奇侠传》，无所不看。沈先生有一次拉他来做了一次演讲。有一阵，沈先生曾给联大的一些写写小说、写写诗的学生组织过讲座，地点在巴金的夫人萧珊的住处，与座者只有十来个人。金先生讲的题目很吸引人，大概是沈先生出的：“小说和哲学”。他的结论却是：小说和哲学没有关系，《红楼梦》里所讲的哲学也不是哲学。那次演讲给我留下印象最深的是，讲着讲着，他忽然停了下来，说：“对不起，我身上好像有个小动物。”随即把手伸进脖领，擒住了这只小动物，并当场处死了。我们曾问过他，为什么研究哲学，在我们看来，哲学很枯燥，尤其是符号哲学。金先生想了一想，说：“我觉得它很好玩。”他一个人生活，在昆明曾养过一只大斗鸡。这只斗鸡极其高大，经常把脖子伸到桌上来，和金先生一同吃饭。他又曾到处去买大苹果、大梨、大石榴，并鼓励别的教授的孩子也去买，拿来和他的比赛。谁的比他的大，他就照价收买，并把原来较小的一个奉送。他和沈先生的友谊是淡而持久的，直到金先生八十多岁了，还时常坐了平板三轮到沈先生的住处来谈谈。——因为毛主席告诉他要接触社会，他就和一个蹬平板三轮的约好，每天坐着平板车到王府井一带各处去转一圈。

和沈先生不多见面，但多年往还不绝的，还有一个张奚若先生，一个丁西林先生。张先生是个老同盟会员，曾拒绝参加蒋介石召开的参议会，人矮矮的，上唇留着短髭，风度如一个日本的大藏相，不知道为什么和沈先生很谈得来。丁西林曾说，要不是沈先生的鼓励，他这个写过《一只马蜂》的物理研究所所长，就不会再写出一个《等太太回来的时候》。

沈先生对于后进的帮助是不遗余力的。他曾自己出资给初露头角的青年诗人印过诗集。曹禺的《雷雨》发表后，是沈先生建议《大公报》给他发一笔奖金的。他的学生的作品，很多是经他的润饰后，写了热情揄扬的信，寄到他所熟识的报刊上发表的。单是他代付的邮资，就是一个不小的数目。前年他收到一封现在在解放军的知名作家的信，说起他当年丧父，无力葬埋，是沈先生为他写了好多字，开了一个书法展览，卖了钱给他，才能回乡办了丧事的。此事沈先生久已忘记，看了信想想，才记起仿佛有这样一回事。

沈先生待人，有一显著特点，是平等。这种平等，不是政治信念，也不是宗教教条，而是由于对人的尊重而产生的一种极其自然的生活的风格。他在昆明和北京都请过保姆。这两个保姆和沈家一家都相处得极好。昆明的一个，人胖胖的，沈先生常和她闲谈。沈先生曾把她的一生琐事写成了一篇亲切动人的小说。北京的一个，被称为王嫂。她离开多年，一直还和沈家来往。她去年在家和儿子怄了一点气，到沈家来住了几天，沈师母陪着她出出进进，像陪着一个老姐姐。

沈先生的家庭是我所见到的一个最和谐安静，最富于抒情气氛的家庭。这个家庭一切民主，完全没有封建意味，不存在任何家长制。沈先生、沈师母和儿子、儿媳、孙女是和睦而平等的。从他的儿子把板凳当马骑的时候，沈先生就不对他们的兴趣加以干涉，一切听便。他像欣赏一幅名画似的欣赏他的儿子、孙女，对他们的“耐烦”表示赞赏。“耐烦”是沈先生爱用的一个辞藻。儿子小时候用一个小钉锤乒乒乓乓敲打一件木器，半天不歇手，沈先生就说：“要算耐烦。”孙女做功课，半天不抬脑袋，他也说：“要算耐烦。”“耐烦”是在沈先生影响下形成的一种家风。他本人不论在创作或从事文物研究，就是由于“耐烦”才取得成绩的。有一阵，儿子、儿媳不在身边，孙女跟着奶奶过。这位祖母对孙女全不像是一个祖母，倒像是一个大姐姐带着最小的妹妹，对她的一切情绪都尊重。她读中学了，对政治问题有她自己的看法，祖母就提醒客人，不要在她的面前谈教她听起来不舒服的话。去年春节，孙女要搞猜谜活动，祖母就帮着选择、抄写，在屋里拉了几条线绳，把谜语一条一条粘挂在线绳上。有客人来，不论是谁，都得受孙女的约束：猜中一条，发糖一块。有一位爷爷，一条也没猜着，就只好喝清茶，沈先生对这种约法不但不呵斥，反而热情赞助，十分欣赏。他说他的孙女“最会管我，一到吃饭，就下命令：‘洗手！’”这个家庭自然也会有痛苦悲哀，油盐柴米，风风雨雨，别别扭扭，然而这一切都无妨于它和谐安静抒情的气氛。

看了沈先生对周围的人的态度，你就明白为什么沈先生能写出《湘行散记》里那些栩栩如生的角色，为什么能在小说里塑造出那样多的人物，并且也就明白为什么沈先生不老，因为他的心不老。

去年沈先生编他的选集，我又一次比较集中地看了他的作品。有一个中年作家一再催促我写一点关于沈先生的小说的文章。谈作品总不可避免要谈思想，我曾去问过沈先生：“你的思想到底是什么？属于什么体系？”我说：“你是一个抒情的人道主义者。”

沈先生微笑着，没有否认。

一九八一年一月十四日

注释

原载《收获》二〇〇九年第三期。

星斗其文 赤子其人

沈先生逝世后，傅汉斯、张充和从美国电传来一副挽词。字是晋人小楷，一看就知道是张充和写的。词想必也是她拟的。只有四句：

不折不从 亦慈亦让
星斗其文 赤子其人

这是嵌字格，但是非常贴切，把沈先生的一生概括得很全面。这位四妹对三姐夫沈二哥真是非常了解。——荒芜同志编了一本《我所认识的沈从文》，写得最好的一篇，我以为也应该是张充和写的《三姐夫沈二哥》。

沈先生的血管里有少数民族的血液。他在填履历表时，“民族”一栏里填土家族或苗族都可以，可以由他自由选择。湘西有少数民族血统的人大都有一股蛮劲、狠劲，做什么都要做出一个名堂。黄永玉就是这样的人。沈先生瘦瘦小小（晚年发胖了），但是有用不完的精力。他小时是个顽童，爱游泳（他叫“游水”）。进城后好像就不游了。三姐（师母张兆和）很想看他游一次泳，但是没有看到。我当然更没有看到过。他少年当兵，漂泊转徙，很少连续几晚睡在同一张床上。吃的东西，最好的不过是切成四方的大块猪肉（煮在豆芽菜汤里）。行军、拉船，锻炼出一副极富耐力的体魄。二十岁冒冒失失地闯到北平来，举目无亲。连标点符号都不会用，就想用手中一支笔打出一个天下。经常为弄不到一点东西“消化消化”而发愁。冬天屋里生不起火，用被子围起来，还是不停地写。我一九四六年到上海，因为找不到职业，情绪很坏，他写信把我大骂了一顿，说：“为了一时的困难，就这样哭哭啼啼的，甚至想到要自杀，真是没出息！你手中有一支笔，怕什么！”

一九八五年，在沈从文先生（左）家中。

他在信里说了一些他刚到北京时的情形。——同时又叫三姐从苏州写了一封很长的信安慰我。他真的用一支笔打出了一个天下了。一个只读过小学的人，竟成了一个大作家，而且积累了那么多的学问，真是一个奇迹。

沈先生很爱用一个别人不常用的词："耐烦"。他说自己不是天才（他应当算是个天才），只是耐烦。他对别人的称赞，也常说"要算耐烦"。看见儿子小虎搞机床设计时，说"要算耐烦"。看见孙女小红做作业时，也说"要算耐烦"。他的"耐烦"，意思就是锲而不舍，不怕费劲。一个时期，沈先生每个月都要发表几篇小说，每年都要出几本书，被称为"多产作家"，但他写东西不是很快的，从来不是一挥而就。他年轻时常常日以继夜地写。他常流鼻血。血液凝聚力差，一流起来不易止住，很怕人。有时夜间写作，竟致晕倒，伏在自己的一摊鼻血里，第二天才被人发现。我就亲眼看到过他的带有鼻血痕迹的手稿。他后来还常流鼻血，不过不那么厉害了。他自己知道，并不惊慌。很奇怪，他连续感冒几天，一流鼻血，感冒就好了。

他的作品看起来很轻松自如，若不经意，但都是苦心刻琢出来的。《边城》一共不到七万字，他告诉我，写了半年。他这篇小说是《国闻周报》上连载的，每期一章。小说共二十一章，21×7=147，我算了算，差不多正是半年。这篇东西是他新婚之后写的，那时他住在达子营。巴金住在他那里。他们每天写，巴老在屋里写，沈先生搬个小桌子，在院子里树荫下写。巴老写了一个长篇，沈先生写了《边城》。他称他的小说为"习作"，并不完全是谦虚。有些小说是为了教创作课给学生示范而写的，因此试验了各种方法。为了教学生写对话，有的小说通篇都用对话组成，如《若墨医生》；有的，一句对话也没有。《月下小景》确是为了履行许给张家小五的诺言“写故事给你看”而写的。同时，当然是为了试验一下“讲故事”的方法（这一组“故事”明显地看得出受了《十日谈》和《一千零一夜》的影响）。同时，也为了试验一下把六朝译经和口语结合的文体。这种试验，后来形成一种他自己说是“文白夹杂”的独特的沈从文体，在四十年代的文字（如《烛虚》）中尤为成熟。他的亲戚，语言学家周有光曾说“你的语言是古英语”，甚至是拉丁文。

沈先生讲创作，不大爱说“结构”，他说是“组织”。我也比较喜欢“组织”这个词。“结构”过于理智，“组织”更带感情，较多作者的主观。他曾把一篇小说一条一条地裁开，用不同方法组织，看看哪一种形式更为合适。沈先生爱改自己的文章。他的原稿，一改再改，天头地脚页边，都是修改的字迹，蜘蛛网似的，这里牵出一条，那里牵出一条。作品发表了，改。成书了，改。看到自己的文章，总要改。有时改了多次，反而不如原来的，以至三姐后来不许他改了（三姐是沈先生文集的一个极其细心、极其认真的义务责任编辑）。沈先生的作品写得最快、最顺畅，改得最少的，只有一本《从文自传》。这本自传没有经过冥思苦想，只用了三个星期，一气呵成。

他不大用稿纸写作。在昆明写东西，是用毛笔写在当地出产的竹纸上的，自己折出印子。他也用钢笔，蘸水钢笔。他抓钢笔的手势有点像抓毛笔（这一点可以证明他不是洋学堂出身）。《长河》就是用钢笔写的，写在一个硬面的练习簿上，直行，两面写。他的原稿的字很清楚，不潦草，但写的是行书。不熟悉他的字体的排字工人是会感到困难的。他晚年写信写文章爱用秃笔淡墨。

用秃笔写那样小的字，不但清楚，而且顿挫有致，真是一个功夫。

他很爱他的家乡。他的《湘西》《湘行散记》和许多篇小说可以做证。他不止一次和我谈起棉花坡，谈起枫树坳，——一到秋天满城落了枫树的红叶。一说起来，不胜神往。黄永玉画过一张凤凰沈家门外的小巷，屋顶墙壁颇零乱，有大朵大朵的红花——不知是不是夹竹桃，画面颜色很浓，水气泱泱。沈先生很喜欢这张画，说："就是这样！"八十岁那年，他和三姐一同回了一次凤凰，领着她看了他小说中所写的各处，都还没有大变样。家乡人闻知沈从文回来了，简直不知怎样招待才好。他说："他们为我捉了一只锦鸡！"锦鸡毛羽很好看，他很爱那只锦鸡，还抱着它照了一张相，后来知道竟做了他的盘中餐，对三姐说"真煞风景！"锦鸡肉并不怎么好吃。沈先生说及时大笑，但也表现出对乡人的殷勤十分感激。他在家乡听了傩戏，这是一种古调犹存的很老的弋阳腔。打鼓的是一位七十多岁的老人，他对年轻人打鼓失去旧范很不以为然。沈先生听了，说："这是楚声，楚声！"他动情地听着"楚声"，泪流满面。

沈先生八十岁生日，我曾写了一首诗送他，开头两句是：

> 犹及回乡听楚声，
> 此身虽在总堪惊。

端木蕻良看到这首诗，认为"犹及"二字很好。我写下来的时候就有点觉得这不大吉利，没想到沈先生再也不能回家乡听一次了！他的家乡每年有人来看他，沈先生非常亲切地和他们谈话，一坐半天。每当同乡人来了，原来在座的朋友或学生就只有退避在一边，听他们谈话。沈先生很好客，朋友很多。老一辈的有林宰平、徐志摩。沈先生提及他们时充满感情。没有他们的提挈，沈先生也许就会当了警察，或者在马路旁边“瘪了”。我认识他后，他经常来往的有杨振声、张奚若、金岳霖、朱光潜诸先生，梁思成林徽因夫妇。他们的交往真是君子之交，既无朋党色彩，也无酒食征逐。清茶一杯，闲谈片刻。杨先生有一次托沈先生带信，让我到南锣鼓巷他的住处去，我以为有什么事。去了，只是他亲自给我煮一杯咖啡，让我看一本他收藏的姚茫父的册页。这册页的芯子只有火柴盒那样大，横的，是山水，用极富金石味的墨线勾轮廓，设极重的青绿，真是妙品。杨先生对待我这个初露头角的学生如此，则其接待沈先生的情形可知。杨先生和沈先生夫妇曾在颐和园住过一个时期，想来也不过是清晨或黄昏到后山谐趣园一带走走，看看湖里的金丝莲，或写出一张得意的字来，互相欣赏欣赏，其余时间各自在屋里读书做事，如此而已。

沈先生对青年的帮助真是不遗余力。他曾经自己出钱为一个诗人出了第一本诗集。一九四七年，诗人柯原的父亲故去，家中拉了一笔债，沈先生提出卖字来帮助他。《益世报》登出了沈从文卖字的启事，买字的可定出规格，而将价款直接寄给诗人。柯原一九八〇年去看沈先生，沈先生才记起有这回事。他对学生的作品细心修改，寄给相熟的报刊，尽量争取发表。他这辈子为学生寄稿的邮费，加起来是一个相当可观的数字。抗战时期，通货膨胀，邮费也不断涨，往往寄一封信，信封正面反面都得贴满邮票。为了省一点邮费，沈先生总是把稿纸的天头地脚页边都裁去，只留一个稿芯，这样分量轻一点。稿子发表了，稿费寄来，他必为亲自送去。李霖灿在丽江画玉龙雪山，他的画都是寄到昆明，

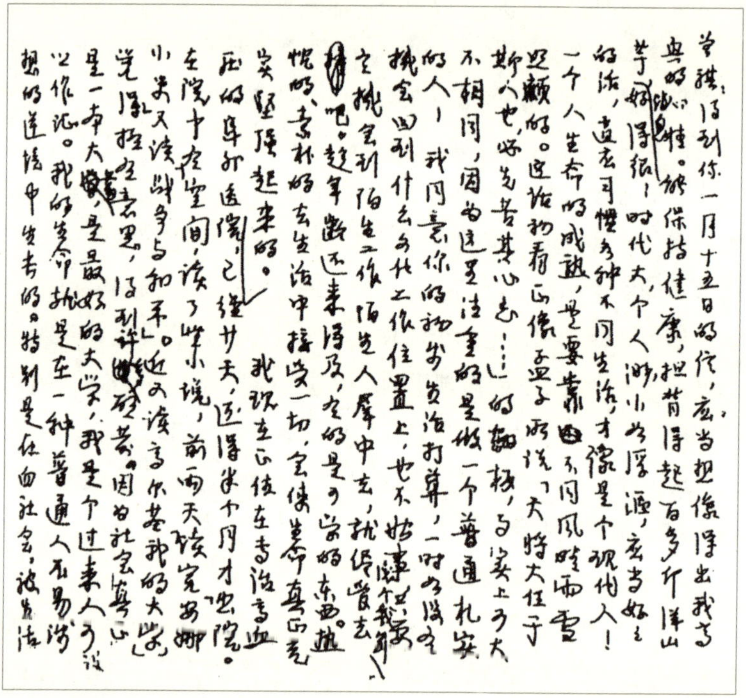

沈从文书信手稿

由沈先生代为出手的。我在昆明写的稿子，几乎无一篇不是他寄出去的。一九四六年，郑振铎、李健吾先生在上海创办《文艺复兴》，沈先生把我的《小学校的钟声》和《复仇》寄去。这两篇稿子写出已经有几年，当时无地方可发表。稿子是用毛笔楷书写在学生作文的绿格本上的，郑先生收到，发现稿纸上已经叫蠹虫蛀了好些洞，使他大为激动。沈先生对我这个学生是很喜欢的。为了躲避日本飞机空袭，他们全家有一阵住在呈贡新街，后迁跑马山桃源新村。沈先生有课时进城住两三天。他进城时，我都去看他，交稿子，看他收藏的宝贝，借书。沈先生的书是为了自己看，也为了借给别人看的。"借书一痴，还书一痴"，借书的痴子不少，还书的痴子可不多。有些书借出去一去无踪。有一次，晚上，我喝得烂醉，坐在路边，沈先生到一处演讲回来，以为是一个难民，生了病，走近看看，是我！他和两个同学把我扶到他住处，灌了好些酽茶，我才醒过来。有一回我去看他，牙疼，腮帮子肿得老高。沈先生开了门，一看，一句话没说，出去买了几个大橘子抱着回来了。

沈先生的家庭是我见到的最好的家庭，随时都在亲切和谐气氛中。两个儿子，小龙小虎，兄弟怡怡。他们都很高尚清白，无丝毫庸俗习气，无一句粗鄙言语，——他们都很幽默，但幽默得很温雅。一家人于钱上都看得很淡。《沈从文文集》的稿费寄到，几千多元，大概开过家庭会议，又从存款中取出几百元，凑成一万，寄到家乡办学。沈先生也有生气的时候，也有极度烦恼痛苦的时候，在昆明，在北京，我都见到过，但多数时候都是笑眯眯的。他总是用一种善意的、含情的微笑，来看这个世界的一切。到了晚年，喜欢放声大笑，笑得合不拢嘴，且摆动双手作势，真像一个孩子。只有看破一切人事乘除，得失荣辱，全置度外，心地明净无渣滓的人，才能这样畅快地大笑。

沈先生五十年代后放下写小说散文的笔（偶然还写一点，笔下仍极活泼，如写纪念陈翔鹤的文章，实写得极好），改业钻研文物，而且钻出了很大的名堂，不少中国人、外国人都很奇怪。实不奇怪。沈先生很早就对历史文物有很大兴趣。他写的关于展子虔游春图的文章，我以为是一篇重要文章，从人物服装颜色式样考订图画的年代的真伪，是别的鉴赏家所未注意的方法。他关于书法的文章，特别是对宋四家的看法，很有见地。在昆明，我陪他去遛街，总要看看市招，到裱画店看看字画。昆明市政府对面有一堵大照壁，写满了一壁字（内容已不记得，大概不外是总理遗训），字有七八寸见方大，用二爨掺一点北魏造像题记笔意，白墙蓝字，是一位无名书家写的，写得实在好。我们每次经过，都要去看看。昆明有一位书法家叫吴忠荩，字写得极多，很多人家都有他的字，家家裱画店都有他的刚刚裱好的字。字写得很熟练，行书，只是用笔枯扁，结体少变化。沈先生还去看过他，说“这位老先生写了一辈子字”！意思颇为他水平受到限制而惋惜。昆明碰碰撞撞都可见到黑漆金字抱柱楹联上钱南园的四方大颜字，也还值得一看。

沈先生到北京后即喜欢搜集瓷器。有一个时期，他家用的餐具都是很名贵的旧瓷器，只是不配套，因为是一件一件买回来的。他一度专门搜集青花瓷。买到手，过一阵就送人。西南联大好几位助教、研究生结婚时都收到沈先生送的雍正青花的茶杯或酒杯。沈先生对陶瓷赏鉴极精，一眼就知是什么朝代的。一个朋友送我一个梨皮色釉的粗瓷盒子，我拿去给他看，他说：“元朝东西，民

汪曾祺与沈从文的友情一直很深，他的小说似乎流动着沈从文作品的血液。只不过在汪曾祺身上，多了一种士大夫的洒脱，其作品也比沈氏多了幽默的因素。

间窑！”有一阵搜集旧纸，大都是乾隆以前的。多是染过色的，瓷青的、豆绿的、水红的，触手细腻到像煮熟的鸡蛋白外的薄皮，真是美极了。至于茧纸、高丽发笺，那是凡品了。（他搜集旧纸，但自己舍不得用来写字。晚年写字用糊窗户的高丽纸，他说："我的字值三分钱。"）

在昆明，搜集了一阵耿马漆盒。这种漆盒昆明的地摊上很容易买到，且不贵。沈先生搜集器物的原则是"人弃我取"。其实这种竹胎的，涂红黑两色漆，刮出极繁复而奇异的花纹的圆盒是很美的。装点心，装花生米，装邮票杂物均合适，放在桌上也是个摆设。这种漆盒也都陆续送人了。客人来，坐一阵，临走时大都能带走一个漆盒。有一阵研究中国丝绸，弄到许多大藏经的封面，各种颜色都有：宝蓝的、茶褐的、肉色的，花纹也是各式各样。沈先生后来写了一本《中国丝绸图案》。有一阵研究刺绣。除了衣服、裙子，弄了好多扇套、眼镜盒、香袋。不知他是从哪里"寻摸"来的。这些绣品的针法真是多种多样。我只记得有一种绣法叫"打子"，是用一个一个丝线疙瘩缀出来的。他给我看一种绣品，叫"七色晕"，用七种颜色的绒绣成一个团花，看了真叫人发晕。他搜集、研究这些东西，不是为了消遣，是从发现、证实中国历史文化的优越这个角度出发的，研究时充满感情。我在他八十岁生日写给他的诗里有一联：

> 玩物从来非丧志，
> 著书老去为抒情。

这全是纪实。沈先生提及某种文物时常是赞叹不已。马王堆那副不到一两重的纱衣，他不知说了多少次。刺绣用的金线原来是盲人用一把刀，全凭手感，就金箔上切割出来的。他说起时非常感动。有一个木俑（大概是楚俑）一尺多高，衣服非常特别：上衣的一半（连同袖子）是黑色，一半是红的；下裳正好相反，一半是红的，一半是黑的。沈先生说："这真是现代派！"如果照这样式（一点不用修改）做一件时装，拿到巴黎去，由一个长身细腰的模特儿穿起来，到表演台上转那么一转，准能把全巴黎都"镇"了！他平生搜集的文物，在他生前全都分别捐给了几个博物馆、工艺美术院校和工艺美术工厂，连收条都不要一个。

沈先生自奉甚薄，穿衣服从不讲究。他在《湘行散记》里说他穿了一件细毛料的长衫，这件长衫我可没见过。我见他时总是一件洗得褪了色的蓝布长衫，夹着一摞书，匆匆忙忙地走。解放后是蓝卡其布或涤卡的干部服，黑灯芯绒的"懒汉鞋"。有一年做了一件皮大衣（我记得是从房东手里买的一件旧皮袍改制的，灰色粗线呢面），他穿在身上，说是很暖和，高兴得像一个孩子。吃得很清淡。我没见他下过一次馆子。在昆明，我到文林街二十号他的宿舍去看他，到吃饭时总是到对面米线铺吃一碗一角三分钱的米线。有时加一个西红柿，打一个鸡蛋，超不过两角五分。三姐是会做菜的，会做八宝糯米鸭，炖在一个大砂锅里，但不常做。他们住在中老胡同时，有时张充和骑自行车到前门月盛斋买包烧羊肉回来，就算加了菜了。在小羊宜宾胡同时，常吃的不外是炒四川的菜头，炒慈姑。沈先生爱吃慈姑，说"这个好，比土豆'格'高"。他在《自传》中说他很会炖狗肉，我在昆明、在北京都没见他炖过一次。有一次他到他的助手王亚蓉家去，先来看看我（王亚蓉住在我们家马路对面，——他七十多了，血压高到二百多，还常为了一点研究资料上的小事到处跑），我让他过一会儿来吃饭。他带来一卷画，是古代马戏图的摹本，实在是很精彩。他非常得意地问我的女儿："精彩吧？"那天我给他做了一只烧羊腿，一条鱼。他回家一再向三姐称道："真好吃。"他经常吃的荤菜是：猪头肉。

他的丧事十分简单。他凡事不喜张扬，最反对搞个人的纪念活动，反对"办生做寿"。他生前累次嘱咐家人，他死后，不开追悼会，不举行遗体告别。但火化之前，总要有一点仪式。新华社消息的标题是"沈从文告别亲友和读者"，是合适的。只通知少数亲友。——有一些景仰他的人是未接通知自己去的。不收花圈，只有二十多个布满鲜花的花篮，很大的白色的百合花、康乃馨、菊花、菖兰。参加仪式的人也不戴纸制的白花，但每人发给一枝半开的月季，行礼后放在遗体边。不放哀乐，放沈先生生前喜爱的音乐，如贝多芬的《悲怆奏鸣曲》等。沈先生面色如生，很安详地躺着。我走近他身边，看着他，久久不能离开。这样一个人，就这样地去了。我看他一眼，又看一眼，我哭了。

沈先生家有一盆虎耳草，种在一个椭圆形的小小钧窑盆里。很多人不认识这种草。这就是《边城》里翠翠在梦里采摘的那种草，沈先生喜欢的草。

一九八八年五月二十六日

注释

原载《人民文学》一九八八年第七期。

新校舍

西南联大的校舍很分散。有一些是借用原先的会馆、祠堂、学校，只有新校舍是联大自建的，也是联大的主体。这里原来是一片坟地，坟主的后代大都已经式微或他徙了，联大征用了这片地并未引起麻烦。有一座校门，极简陋，两扇大门是用木板钉成的，不施油漆，露着白茬。门楣横书大字："国立西南联合大学"。进门是一条贯通南北的大路。路是土路，到了雨季，接连下雨，泥泞没足，极易滑倒。大路把新校舍分为东西两区。

路以西，是学生宿舍。土墼墙，草顶。两头各有门。窗户是在墙上留出方洞，直插着几根带皮的树棍。空气是很流通的，因为没有人爱在窗洞上糊纸，当然更没有玻璃。昆明气候温和，冬天从窗洞吹进一点风，也不要紧。宿舍是大统间，两边靠墙，和墙垂直，各排了十张双层木床。一张床睡两个人，一间宿舍可住四十人。我没有留心过这样的宿舍共有多少间。我曾在二十五号宿舍住过两年。二十五号不是最后一号。如果以三十间计，则新校舍可住一千二百人。联大学生三千人，工学院住在拓东路迤西会馆；女生住“南院”，新校舍住的是文、理、法三院的男生。估计起来，可以住得下。学生并不老老实实地让双层床靠墙直放，向右看齐，不少人给它重新组合，把三张床拼成一个 U 字，外面挂上旧床单或钉上纸板，就成了一个独立天地，屋中之屋。结邻而居的，多是谈得来的同学。也有的不是自己选择的，是学校派定的。我在二十五号宿舍住的时候，睡靠门的上铺，和下铺的一位同学几乎没有见过面。他是历史系的，姓刘，河南人。他是

一九三九年，汪曾祺考入西南联大，成为闻一多、朱自清、沈从文的学生。

个农家子弟，到昆明来考大学是由河南自己挑了一担行李走来的。——到昆明来考联大的，多数是坐公共汽车来的，乘滇越铁路火车来的，但也有利用很奇怪的交通工具来的。物理系有个姓应的学生，是自己买了一头毛驴，从西康骑到昆明来的。我和历史系同学怎么会没有见过面呢？他是个很用功的老实学生，每天黎明即起，到树林里去读书。我是个夜猫子，天亮才回床睡觉。一般说，学生搬床位，调换宿舍，学校是不管的，从来也没有办事职员来查看过。有人占了一个床位，却终年不来住。也有根本不是联大的，却在宿舍里住了几年。有一个青年小说家曹卣——他很年轻时就在《文学》这样的大杂志上发表过小说，他是同济大学的，却住在二十五号宿舍。也不到同济上课，整天在二十五号写小说。

桌椅是没有的。很多人去买了一些肥皂箱。昆明肥皂箱很多，也很便宜。一般三个肥皂箱就够用了。上面一个，面上糊一层报纸，是书桌。下面两层放书，放衣物，这就书橱、衣柜都有了。椅子？——床就是。不少未来学士在这样的肥皂箱桌面上写出了洋洋洒洒的论文。

宿舍区南边，校门围墙西侧以里，是一个小操场。操场上有一副单杠和一副双杠。体育主任马约翰带着大一学生在操场上上体育课。马先生一年四季只穿一件衬衫，一件西服上衣，下身是一条猎裤，从不穿毛衣、大衣。面色红润，连光秃秃的头顶也红润，脑后一圈雪白的鬈发。他上体育课不说中文，他的英语带北欧口音。学生列队，他要求学生必须站直："Boys！ You must keep your body straight！"我年轻时就有点驼背，始终没有straight起来。

操场上有一个篮球场，很简陋。遇有比赛，都要临时画线，现结篮网，但是很多当时的篮球名将如唐宝华、牟作云……都在这里展过身手。

大路以东，有一条较小的路。这条路经过一个池塘，池塘中间有一座大坟，成为一个岛。岛上开了很多野蔷薇，花盛时，香扑鼻。这个小岛是当初规划新校舍时特意留下的。于是成了一个景点。

往北，是大图书馆。这是新校舍唯一的瓦顶建筑。每天一早，就有一堆学生在外面等着。一开门，就争先进去，抢座位（座位不很多），抢指定参考书（参考书不够用）。晚上十点半钟，图书馆的电灯还亮着，还有很多学生在里面看书。这都是很用功的学生。大图书馆我只进去过几次。这样正襟危坐，集体苦读，我实在受不了。

图书馆门前有一片空地。联大没有大会堂，有什么全校性的集会便在这里举行。在图书馆关着的大门上用摁钉摁两面党国旗，也算是会场。我入学不久，张清常先生在这里教唱过联大校歌（校歌是张先生谱的曲），学唱校歌的同学都很激动。每月一号，举行一次"国民月会"，全称应是"国民精神总动员月会"，可是从来没有人用全称，实在太麻烦了。国民月会有时请名人来演讲，一般都是梅贻琦校长讲讲话。梅先生很严肃，面无笑容，但说话很幽默。有一阵昆明闹霍乱，梅先生劝大家不要在外面乱吃东西，说："有一位同学说，'我吃了那么多次，也没有得过一次霍乱。'这种事情是不能有第二次的。"开国民月会时，没有人老实站着，都是东张西望，心不在焉。有一次，我发现青天白日满地红的国旗的太阳竟是十三只角（按规定应是十二只）！

“一二·一惨案”（国民党军队枪杀三位同学、一位老师）发生后，大图书馆曾布置成死难烈士的灵堂，四壁都是挽联，灵前摆满了花圈，大香大烛，气氛十分肃穆悲壮。那两天昆明各界前来吊唁的人络绎于途。

大图书馆后面是大食堂。学生吃的饭是通红的糙米，装在几个大木桶里，盛饭的瓢也是木头的，因此饭有木头的气味。饭里什么都有：沙粒、耗子屎……被称为“八宝饭”。八个人一桌，四个菜，装在酱色的粗陶碗里。菜多盐而少油。常吃的菜是煮芸豆，还有一种叫作魔芋豆腐的灰色的凉粉似的东西。

大图书馆的东面，是教室。土墙，铁皮顶。铁皮上涂了一层绿漆。有时下大雨，雨点敲得铁皮叮叮当当地响。教室里放着一些白木椅子。椅了是特制的，右手有一块羽毛球拍大小的木板，可以在上面记笔记。椅子是不固定的，可以随便搬动，从这间教室搬到那间。吴宓先生上“《红楼梦》研究”课，见下面有女生没有坐下，就立即走到别的教室去搬椅子。一些颇有骑士风度的男同学于是追随吴先生之后，也去搬。到女同学都落座，吴先生才开始上课。

我是个吊儿郎当的学生，不爱上课。有的教授授课是很严格的。教西洋通史（这是文学院必修课）的是皮名举。他要求学生记笔记，还要交历史地图。我有一次画了一张马其顿王国的地图，皮先生在我的地图上批了两行字：“阁下所绘地图美术价值甚高，科学价值全无。”第一学期期终考试，我得了三十七分。第二学期我至少得考八十三分，这样两学期平均，才能及格，这怎么办？到考试时我拉了两个历史系的同学，一个坐在我的左边，一个坐在我的右边。坐在右边的同学姓钮，左边的那个忘了。我就抄左边的同学一道答题，又抄右边的同学一道。公布分数时，我得了八十五分，及格还有富余！

朱自清先生教课也很认真。他教我们宋诗。他上课时带一沓卡片，一张一张地讲。要交读书笔记，还要月考、期考。我老是缺课，因此朱先生对我印象不佳。

多数教授讲课很随便。刘文典先生教《昭明文选》，一个学期才讲了半篇木玄虚的《海赋》。

闻一多先生上课时，学生是可以抽烟的。我上过他的“楚辞”。上第一课时，他打开高一尺又半的很大的毛边纸笔记本，抽上一口烟，用顿挫鲜明的语调说：“痛饮酒，熟读《离骚》——乃可以为名士。”他讲唐诗，把晚唐诗和后期印象派的画联系起来讲。这样讲唐诗，别的大学里大概没有。闻先生的课都不考试，学期终了交一篇读书报告即可。

唐兰先生教词选，基本上不讲。打起无锡腔调，把词“吟”一遍：“‘双鬟隔香红啊——玉钗头上风……’好！真好！”这首词就算讲过了。

西南联大的课程可以随意旁听。我听过冯文潜先生的美学。他有一次讲一首词：

> 汴水流，
> 泗水流，
> 流到瓜洲古渡头，
> 吴山点点愁。

冯先生说他教他的孙女念这首词，他的孙女把“吴山点点愁”

念成“吴山点点头”，他举的这个例子我一直记得。

吴宓先生讲“中西诗之比较”，我很有兴趣地去听。不料他讲的第一首诗却是：

一去二三里，
烟村四五家，
楼台六七座，
八九十枝花。

我不好好上课，书倒真也读了一些。中文系办公室有一个小图书馆，通称系图书馆。我和另外一两个同学每天晚上到系图书馆看书。系办公室的钥匙就由我们拿着，随时可以进去。系图书馆是开架的，要看什么书自己拿，不需要填卡片这些麻烦手续。有的同学看书是有目的有系统的。一个姓范的同学每天摘抄《太平御览》。我则是从心所欲，随便瞎看。我这种乱七八糟看书的习惯一直保持到现在。我觉得这个习惯挺好。夜里，系图书馆很安静，只有哲学心理系有几只狗怪声嗥叫——一个教生理学的教授做实验，把狗的不同部位的神经结扎起来，狗于是怪叫。有一天夜里我听到墙外一派鼓乐声，虽然悠远，但很清晰。半夜里怎么会有鼓乐声？只能这样解释：这是鬼奏乐。我确实听到的，不是错觉。我差不多每夜看书，到鸡叫才回宿舍睡觉。——因此我和历史系那位姓刘的河南同学几乎没有见过面。

新校舍大门东边的围墙是“民主墙”。墙上贴满了各色各样的壁报，左、中、右都有。有时也有激烈的论战。有一次三青团办的壁报有一篇宣传国民党观点的文章，另一张“群社”编的壁报上很快就贴出一篇反驳的文章，批评三青团壁报上的文章是“咬着尾巴兜圈子”。这批评很尖刻，也很形象。“咬着尾巴兜圈子”的是狗。事隔近五十年，我对这一警句还记得十分清楚。当时有一个“冬青社”（联大学生社团甚多），颇有影响。冬青社办了两块壁报，一块是《冬青诗刊》，一块就叫《冬青》，是刊载杂文和漫画的。冯友兰先生、查良钊先生、马约翰先生，都曾经被画进漫画。冯先生、查先生、马先生看了，也并不生气。

除了壁报，还有各色各样的启事。有的是出让衣物的。大都是八成新的西服、皮鞋。出让的衣物就放在大门旁边的校警室里，可以看货付钱。也有寻找失物的启事，大都写着：“鄙人不慎，遗失了什么东西，如有捡到者，请开示姓名住处，失主即当往取，并备薄酬。”所谓“薄酬”，通常是五香花生米一包。有一次有一位同学贴出启事：“寻找眼睛。”另一位同学在他的启事标题下用红笔画了一个大问号。他寻找的不是“眼睛”，是“眼镜”。

新校舍大门外是一条碎石块铺的马路。马路两边种着高高的尤加利树（即桉树，云南到处皆有）。

马路北侧，挨新校的围墙，每天早晨有一溜卖早点的摊子。最受欢迎的是一个广东老太太卖的煎鸡蛋饼。一个瓷盆里放着鸡蛋加少量的水和成的稀面，舀一大勺，摊在平铛上，煎熟，加一把葱花。广东老太太很舍得放猪油。鸡蛋饼煎得两面焦黄，猪油吱吱作响，喷香。一个鸡蛋饼直径一尺，卷而食之，很解馋。

晚上，常有一个贵州人来卖馄饨面。有时馄饨皮包完了，他就把馄饨馅拨在汤里下面。问他：“你这叫什么面？”贵州老乡毫不迟疑地说：“桃花面！”

马路对面常有一个卖水果的。卖桃子，“面核桃”和“离核桃”；卖泡梨——棠梨泡在盐水里，梨肉转为极嫩、极脆。

晚上有时有云南兵骑马由东面驰向西面，马蹄铁敲在碎石块的尖棱上，迸出一朵朵火花。

有一位曾在联大任教的作家教授在美国讲学。美国人问他：西南联大八年，设备条件那样差，教授、学生生活那样苦，为什么能出那样多的人才？——有一个专门研究联大校史的美国教授以为联大八年，出的人才比北大、清华、南开三十年出的人才都多。为什么？这位作家回答了两个字：自由。

一九九二年七月五日

注释

原载《芒种》一九九二年第十期。

闻一多先生上课

闻先生性格强烈坚毅。日寇南侵，清华、北大、南开合成临时大学，在长沙少驻，后改为西南联合大学，将往云南。一部分师生组成步行团，闻先生参加步行，万里长征，他把胡子留了起来，声言：抗战不胜，誓不剃须。他的胡子只有下巴上有，是所谓“山羊胡子”，而上髭浓黑，近似一字。他的嘴唇稍薄微扁，目光灼灼。有一张闻先生的木刻像，回头侧身，口衔烟斗，用炽热而又严冷的目光审视着现实，很能表达闻先生的内心世界。

联大到云南后，先在蒙自待了一年。闻先生还在专心治学，把自己整天关在图书馆里。图书馆在楼上。那时不少教授爱起斋名，如朱自清先生的斋名叫“贤于博弈斋”，魏建功先生的书斋叫“学无不暇簃”，有一位教授戏赠闻先生一个斋主的名称：“何妨一下楼主人”，因为闻先生总不下楼。

西南联大校舍安排停当，学校即迁至昆明。

我在读西南联大时，闻先生先后开过三门课：楚辞、唐诗、古代神话。

楚辞班人不多。闻先生点燃烟斗，我们能抽烟的也点着了烟（闻先生的课可以抽烟的），闻先生打开笔记，开讲：“痛饮酒，熟读《离骚》，乃可以为名士。”闻先生的笔记本很大，长一尺有半，宽近一尺，是写在特制的毛边纸稿纸上的。字是正楷，字体略长，一笔不苟。他写字有一特点，是爱用秃笔。别人用过的废笔，他都收集起来，秃笔写篆楷蝇头小字，真是一个功夫。我跟闻先生读一年楚辞，真读懂的只有两句“嫋嫋兮秋风，洞庭波兮木叶下”。也许还可加上几句：“成礼兮会鼓，传葩兮代舞，春兰兮秋菊，长毋绝兮终古。”

闻先生教古代神话，非常“叫座”。不单是中文系的、文学院的学生来听讲，连理学院、工学院的同学也来听。工学院在拓东路，文学院在大西门，听一堂课得穿过整整一座昆明城。闻先生讲课“图文并茂”。他用整张的毛边纸墨画出伏羲、女娲的各种画像，用摁钉钉在黑板上，口讲指画，有声有色，条理严密，文采斐然，高低抑扬，引人入胜。闻先生是一个好演员。伏羲女娲，本来是相当枯燥的课题，但听闻先生讲课让人感到一种美，思想的美，逻辑的美，才华的美。听这样的课，穿一座城，也值得。

能够像闻先生那样讲唐诗的，并世无第二人。他也讲初唐四杰、大历十才子、《河岳英灵集》，但是讲得最多，也讲得最好的，是晚唐。他把晚唐诗和后期印象派的画联系起来。讲李贺，同时讲到印象派里的 pointillism（点画派），说点画看起来只是不同颜色的点，这些点似乎不相连属，但凝视之，则可感觉到点与点之间的内在联系。这样讲唐诗，必须本人既是诗人，也是画家，有谁能办到？闻先生讲唐诗的妙悟，应该记录下来。我是个大大咧咧的人，上课从不记笔记。听说比我高一班的同学郑临川记录了，而且整理成一本《闻一多论唐诗》，出版了，这是大好事。

我颇具歪才，善能胡诌，闻先生很欣赏我。我曾替一个比我低一班的同学代笔写了一篇关于李贺的读书报告，——西南联大一般课程都不考试，只于学期终了时交一篇读书报告即可给学分。闻先生看了这篇读书报告后，对那位同学说："你的报告写得很好，比汪曾祺写的还好！"其实我写李贺，只写了一点：别人的诗都是画在白底子上的画，李贺的诗是画在黑底子上的画，故颜色特别浓烈。这也是西南联大许多教授对学生鉴别的标准：不怕新，不怕怪，而不尚平庸，不喜欢人云亦云，只抄书，无创见。

一九九七年三月十二日

注释

原载一九九七年五月三十日《南方周末》。

怀念德熙

德熙原来是念物理系的，大学二年级才转到中文系来。他的数学底子很好。这样，他才能和王竹溪先生合作，测定一件青铜器的容积。

我和德熙大一时就认识。我们认识是因为在一起唱京剧。有时也一同去看厉家班的戏。后来云南大学组织了一个曲社，我们一起去拍曲子，做“同期”，几乎一次不落。我后来不唱昆曲了，德熙是一直唱着的。他的爱好影响了他的夫人何孔敬。他们到美国去，我想是会带了一支笛子去的。

德熙不蓄字画。他家里挂着的只有一条齐白石的水印木刻梨花，和我给他画的墨菊横幅。他家里没有什么贵重的摆设，但是窗明几净，一尘不染，瓶花灯罩朴朴素素，位置得宜，表现出德熙一家的审美趣味。

同时具备科学头脑和艺术家的气质，我以为是德熙能在语言学、古文字学上取得很大成绩的优越条件。也许这是治人文科学的学者都需要具备的条件。

德熙的治学，完全是超功利的。在大学读书时生活清贫，但是每日孜孜，手不释卷。后来在大学教书，还兼了行政职务，往来的国际、国内学者又多，很忙，但还是不疲倦地从事研究、写作。我每次到他家里去，总看到他的书桌上有一篇没有写完的论文，摊着好些参考资料和工具书。研究工作，在他是辛苦的劳动，但也是一种超级的享受。他所以乐此不倦，我觉得，是因为他随时感受到语言和古文字的美。一切科学，到了最后，都是美学。德熙上课，是很能吸引学生的。我听过不止一个他的学生说过：语法本来是很枯燥的，朱先生却能讲得很有趣味，常常到了吃饭的钟声响了，学生还舍不得离开。为什么能这样？我想是德熙把

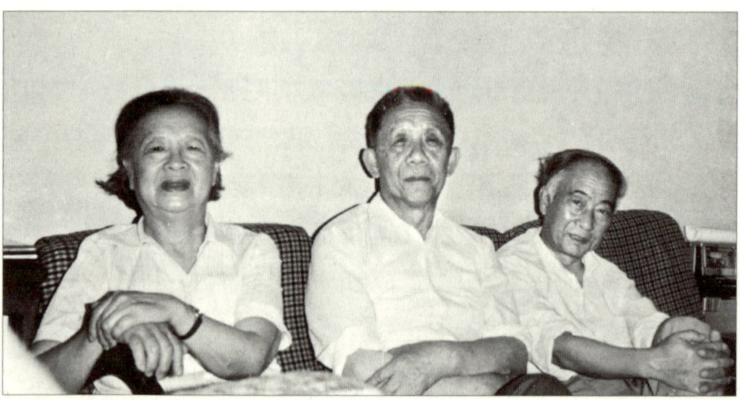

汪曾祺夫妇与挚友朱德熙（中）

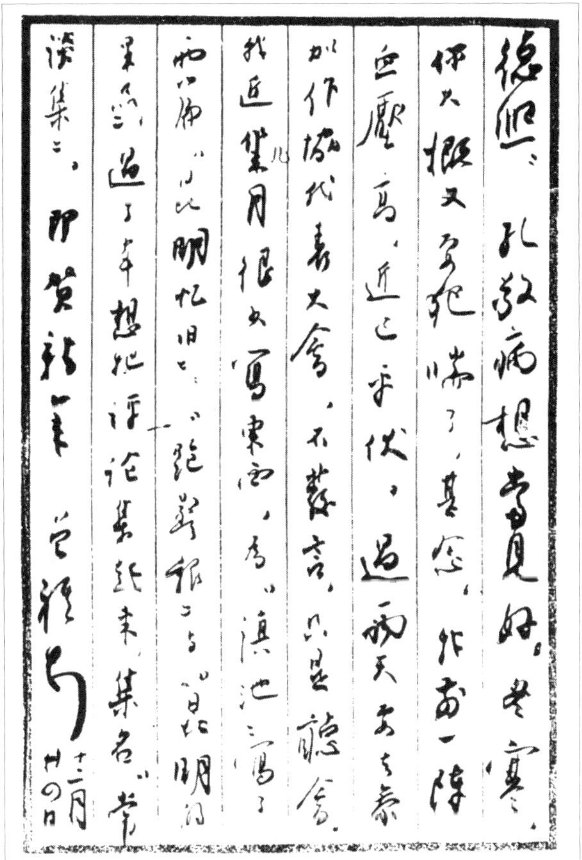

汪曾祺给朱德熙的信

他对于语言，对于古文字的美感传染给了学生。一个人感受到工作中的美，这样活着，才有意思。

德熙是个感情不甚外露的人，但是是一个很有感情的人。他对家人子女、第三代，都怀有一种含蓄、温和，但是很深的爱。对青年学者也是如此。我不止一次听他谈起过裘锡圭先生，语气中充满感情，好像他发现了一个天才。“君有奇才我不贫”，德熙就是这样对待后辈的。

德熙对师长是很尊敬的，对唐立厂先生、王了一先生、吕叔湘先生，都是如此。他后来是国际知名的学者了，但没有一般的“后起之秀”的傲气。我没有听他说过一句关于前辈的刻薄话。

德熙乐于助人，师友中遇有困难，德熙总设法帮助他“解决问题”。因此他的人缘很好。不少人提起德熙，都说“朱德熙人很好”。一个人被人说是“人很好”并不容易。我以为这是最高的称赞。

德熙今年七十二岁（他、李荣和我是同年），按说寿数也不算短，但是他还有许多工作可以做，他应该再过几年清闲安静的日子，遽然离去，叫人不得不感到非常遗憾。

一九九二年九月七日

注释

原载一九九二年十月二十九日《人民日报》海外版。

地质系同学

西南联大各系的学生各有特点，中文系的不衫不履，带点名士气。工学院的同学挟着画板、丁字尺，一个个全像候补工程师。从法律系二三年级的学生身上已经可以看出一位名律师或大法官的影子。商学系的同学很实际，他们不爱幻想。从举止、动作、谈吐上，大体上可以勾画出我们的同学可能经历的人生道路。但这只是相对而言，比较而言，不能像矿物一样可以用光谱测定。比如，有一个比我高两班的同学，读了四年工学院，毕业后又考进文学研究所做哲学研究生，由实入虚，你说他该是什么风度呢？不过地质系的学生身上共同的特点是比较显著的。

首先，他们的身体都很好。学地质的没有好身体是不行的。学校对报考地质系的考生的体检要求特别严格。搞地质不能只在实验室里搞，大部分时间要从事野外作业，走长路，登高山（据我所知现在的中国登山队的运动员有两位原来是读地质的），还要背很重的矿石，经常要风餐露宿，生活条件很艰苦，身体差一点是吃不消的。地质系的男同学大都身材较高，挺拔英俊，女同学身体也很好。他们大都是运动员，打篮球、排球，是系队、校队的代表。从仪表上说，他们都有当电影明星的资格。

他们的价值观念是清楚的。他们对自己所选择的学业和事业的道路是肯定的。他们没有彷徨、犹豫、困惑。从一开头就有一种奉献精神。——学地质是不可能升官发财的。他们充分认识到他们的工作对于国家的意义，一般说来，他们的祖国意识比别的系的同学更强烈，更实在。

他们都很用功。学地质，理科的底子，数学、物理、化学都要比较好。但是比较特别的是，他们除了本门科学，对一般文化，包括文学艺术，也有广泛的兴趣。因此地质系的同学大都文质彬彬，气度潇洒，毫无鄙俗之气，是一些名副其实的“知识分子”。地质系同学在学校时就做出了很大成绩。云南地方曾出了厚厚的一本《云南矿产调查》，就是西南联大地质系师生合作搞出来的。

在他们野外作业列队归来，穿着夹克，背着厚帆布背包，足蹬厚底翻皮长靴，或是平常穿了干净的蓝布长衫（地质系的学生都爱干净），在学校的土路从容走着，我都有好感，对他们很欣赏。

其实我所认识的地质系的同学不多，一共只有四个，都是一九三九年入学，四三届的，和我一个班级。

比较熟识的是马杏垣。我对马杏垣有较深的印象不是由于对他的专业学识有所了解，而是因为他会刻木刻。联大当时没有人刻木刻，一个学地质的刻木刻尤其稀罕。马杏垣曾参加曾昭抡先生所率领的康藏考察团到过一趟西藏，回来在壁报上发表了他的一系列铅笔速写和木刻。他发表木刻用的笔名是“马蹄”，有时用两个英文缩写字母“M.T.”。他的木刻作品偶尔在昆明的报刊上也发表过。据我看，他的木刻是很有风格，很不错的。如果他不学地质而学美术，我相信也会成为一个优秀的画家、木刻家的。多才多艺，是联大许多搞自然科学的教授、学生的一个共同的特点。

马杏垣毕业后到美国留学。

一九四八年，我在北京午门的历史博物馆工作，有一天来了一位参观的上岁数的人，河北丰润一带的口音，他不知怎么知道我是西南联大的，问我认识不认识马杏垣，我说认识。他说他是马杏垣的父亲。于是跟我滔滔不绝地谈起马杏垣，他说了些什么，我已经不记得，只记得老人家很为他这个现在美国的儿子感到骄傲。是呀，有这样的儿子，是值得骄傲。

马杏垣回国后在地质研究所工作，曾任所长，后来听说担任名誉所长。木刻，我想，大概是不刻了。

第二个是杨起。他是杨振声先生的儿子。杨先生是我的老师。我在杨先生处见过他。他长得很像杨先生。他是蓬莱人，个头很高，一个典型的山东大汉，文雅的、谦虚的山东大汉。他给我的印象是非常谦虚，一种从里到外的谦虚。他知道我是杨先生比较喜欢的学生，因此在校舍的土路上相逢，都很亲切地点头招呼。

还有一个是欧大澄。我不知道怎么和他认识的，可能是由于我的一个同系同班的同学和他是中学同学，他和这个同学常相过从，我和他也就熟识了。在我的印象里他是喜爱音乐的。我不能确记着他是会拉提琴，弹吉他，或吹口琴。但是他很能欣赏西洋古典音乐，这一印象我想没有错。即使记错了，我觉得他身上有一种古典音乐熏陶出来的气质，这一点不会错。

杨起、欧大澄，现在都不知道在哪里。

因为认识欧大澄，这样也就对郝贻纯有些印象。因为她常和欧大澄在一起走。郝贻纯在女同学里是长得好看的，但是她从来不施脂粉（我们的女同学有一些是非常“捯饬”的，每天涂了很重的口红去听课），淡雅素朴，落落大方。她好像也是打排球的。

郝贻纯这几年参与了一些政治运动。我不知道她是人大代表还是全国政协委员，好像还是全国妇联的委员。人大、政协、妇联有这样的委员，似乎这些会还有点开头。郝贻纯是彻底“从政”了，还是还没有放弃她的本行？

我的地质系的同学，年龄和我不相上下，都已经过了七十了。他们大概是离、退休了。但是我很知道，他们会是离而不休、退而不休的。他们大概都还在查资料、写论文，在培养博士生、硕士生，不会是听鸟养花，优游终老的。

中国的知识分子是多好的知识分子呀！

注释

原载《新生界》一九九三年第二期。

修髯飘飘

——记西南联大的几位教授

在留胡子的教授里，年龄最长，胡子也最旺盛的，大概要算戴修瓒先生。我在校时，戴先生已有六十多岁。戴先生是法律系的。听说他在北洋政府时期曾任最高法院（那时应该叫作大理院）的大法官，因为对段祺瑞之所为不满，一怒辞职，到大学教书。戴先生身体很好。他身材不高，但很敦实，面色红润，两眼有光。他蓄着满腮胡子，已经近乎全白，但是通气透风，根根发亮。我没有听过戴先生的课，只在教室外经过时，听过他讲课的声音，真是底气充足，声若洪钟。听到他的声音，看到他稳健的步履、飘动的银髯，想到他从执政府拂袖而去，总会生出一种敬意。戴先生是湘西人，湘西人大都很倔。

很多人都知道闻一多先生是留胡子的。报刊上发表他的照片，大都有胡子。那张流传很广的木刻像（记得是个姓夏的木刻家所刻），闻先生口噙烟斗，目光炯炯，而又深沉，是很传神的。这张木刻像上，闻先生是有胡子的，但是闻先生原来并未留胡子，他的胡子是抗战那一天留起来的。当时发誓：抗战不胜，誓不剃须。

闻先生原来并不热衷于政治。他潜心治学，用心甚笃。他的治学，考证精严，而又极富想象。他是个诗人学者，一个艺术家。他的讲课很有号召力，许多工学院的学生会从拓东路（工学院在昆明东南角的拓东路）步行穿过全城，来听闻先生的讲课。闻先生讲课，真是"神采奕奕"。他很会讲课（有的教授很有学问，但不会讲课），能把本来是很枯燥的考证，讲得层次分明，引人入胜，逻辑性很强，而又文辞生动。他讲话很有节奏，顿挫铿锵，有"穿透力"，如同第一流的演员。他教过我们楚辞、唐诗、古代神话。好几篇文章说过，闻先生讲楚辞，第一句话是："痛饮酒，熟读《离骚》，可以为名士"，是这样的。我上闻先生的楚辞课，他就是这样开头的。他讲唐诗，把晚唐诗和后期印象派的画放在一起讲。我记得他讲李贺诗，同时讲法国的点彩派，这样的中西比较的研究方法，当时运用的人还很少。他讲古代神话，在黑板上钉满了用毛边纸墨笔手摹的大幅伏羲女娲的石刻画像（这本身是珍贵的艺术品）。昆中北院的大教室里各系学生坐得满满的，鸦雀无声。听这样的课，真是超高级的艺术享受。

闻先生的个性很强，处处可以看出。他用的笔记本是特制的，毛边纸，红格，宽一尺，高一尺有半，是离京时带出来的。他上课就带了这样的笔记，外面用一块蓝布包着。闻先生写笔记用的是正楷，一笔不苟，字兼欧柳字体稍长。他爱用秃笔。用的笔都是从别人笔筒中搜来的废笔。秃笔写蝇头小字，字字都像刻出来的，真是见功夫。他原是学画的。他和几位教授带领一群学生从北京步行到长沙，一路上画了许多铅笔速写（多半是风景）。他的铅笔速写另具一格，他以中国的书法入铅笔画，笔触肯定，有金石味。他治印，朱白布置很讲究，奏刀有力。连他的吃菜口味也是这样，口重。他在蒙自住了半年，深以食堂菜淡为苦。

闻先生的胡子不是络腮胡子，只下巴下长髯一绺，但上髭浓黑，衬出他的轮廓分明，稍稍扁阔的嘴巴，显得潇洒而又坚毅。

闻先生后来走下“楼”来（他在蒙自，整天钻在图书馆楼上，同事曾戏称之为“何妨一下楼主人”），拍案而起，献身民主运动，原因很多，我只想说，这和他的刚强的个性是很有关系的。一是一，二是二，想怎么样，就怎么样，心口如一，义无反顾。闻先生是中国现代史上一个无半点渣滓的、完整的、真实的浪漫主义者。他的人格，是一首诗。

能为闻先生塑像的理想人物，是罗丹。可惜罗丹早就死了。

在西南联大旧址，现在的西南师范学院的校园中有闻先生的全身石像，长髯飘飘，很有神采。

闻先生遇难时，已经剃了胡子（抗战已经胜利）。我建议在闻先生牺牲的西仓坡另立一个胸像（现在有一块碑），最好是铜像。这个胸像可以没有胡子。

冯友兰先生面色苍黑，头发黑，胡子也黑。他是个高度近视眼，戴一副黑边眼镜，眼镜片很厚，迎面看去，只见一圈又一圈，看不清他的眼睛是什么样子。他常年穿着黑色马褂，夹着一个包

闻一多教授在途中写生

袱，里面装着他的讲稿。这包袱的颜色是杏黄的，上面还印着八卦五毒。这本是云南人包小孩用的包被（褓褓），不知道冯先生怎么会随手拿来包讲稿了。有时，身后还跟着一条狗。这条狗不知道是不是宗璞的小说里所写的鲁鲁，看它是纯白的，而且四条腿很短，大概就是的。

我在联大时，冯先生的《贞元三书》(《新原人》《新道学》《新世训》) 都已经出版，我看过，已经没有印象，只有总序里的一句话却至今记得："但今贞下起元之时，好学深思之士，乌能已于言哉。"冯先生的治哲学，是要经世致用的，和金岳霖、沈有鼎等先生只是当作一门纯学术来研究不一样。

唐兰（立厂）先生的胡子不是有意留起来的，而是"自然"长长了的。唐先生很少理发，据说一年只理两次。他的头发有点鬈曲，满头带鬈的乌发，从后面看，像石狮子（狻猊）脑袋。头发长了，胡子也就长了。胡子，也有点鬈，但不厉害，没有到成为虬髯公的地步。他理了发，头发短了，胡子也剃掉了，好像换了一个人。

唐先生治文字学，教“说文解字”，我没有选过这门课。但他有一年突然开了词选，这是必修课。原来教词选的教授请假，他就自告奋勇来教了。他教词选，基本上不怎么讲。有时甚至只是打起无锡腔，曼声吟诵（其实是唱）了一遍：“双鬓隔香红啊，玉钗头上风……”——“好！真好！”这首词就算讲完了。班上学生词选课的最大收获，大概就是学会了唐先生吟词的腔调。似乎这样吟唱一遍，这首词也就懂了。这不是夸张，因为唐先生吟诵得很有感情，很陶醉，这首词的好处也就表达出来了。诗词本不宜多讲。讲多了，就容易把这首诗词讲死。像现在电视台的《唐诗撷英》就讲得太多了。一首七言绝句，哪有那么多的话好说呢。

不应该把胡子留起来，却留起来的，是生物系教授赵以炳。他要算西南联大教授中最年轻的，至少是最年轻的之一。当时他大概只有三十来岁。三十来岁而当了教授，可谓少年得志。赵先生长得很漂亮，但这种漂亮不是奶油小生或电影明星那样漂亮得浅薄无聊，他还是一个教授，一个学者，很有书卷气，很潇洒，或如同北京人所说：很“帅”。在我所认识的教授中，当得起“风度翩翩”四个字的，唯赵先生一人。然而他却留了胡子。他为什么要留胡子呢？这有个故事。他自身在联大教书，夫人不在身边，蓄须是为了明志，让夫人放心，保证不会三心二意。他的夫人我们当然没有见过，但想象起来一定也是一位美人。没想到，他的下巴下一把黑黑的胡子更增加了他的风度，使男学生羡慕，女学生倾心。然而没有听说过赵先生另外有什么罗曼史。

赵先生是生理学专家，专门研究刺猬。我离开联大后，就没有再见过赵先生，听说他后来的遭遇很坎坷，详情不得而知。

可以，甚至应该把胡子留起来而不留的，是吴宓（雨僧）先生。吴先生的胡子很密，而且长得很快，经常刮，刮得两颊都是铁青的。有一位外语系的助教形容吴先生的胡子生长之快，说吴先生的胡子，两边永远不能一样，刮了左边，再刮右边的时候，左边的就又长出来了。吴先生相貌奇古，自号“雨僧”，有几分像。

吴先生的结局很惨。“文化大革命”中穷困潦倒（每月只发生活费三十元），最后孤寂地死在家乡。

或问：你为什么要写这些胡子教授？没有什么，偶然想起而已。为什么要想起？这怎么说呢，只能说：这样的教授现在已经不多了。

注释

原载一九九一年四月七日、十四日《中国教育报》。

哲人其萎

——悼端木蕻良同志

端木蕻良真是一位才子。二十来岁，就写出了《科尔沁旗草原》。稿子寄到上海，因为气魄苍莽，风格清新，深为王统照、郑振铎诸先生所激赏，当时就认为这是一部划时代的大小说，应该尽快发表，出版。原著署名"端木红粮"，王统照说"红粮"这个名字不好，亲笔改为"端木蕻良"。从此端木发表作品就用了这个名字。他后在上海等地发表了一些短篇小说，其中《鸶鹭湖的忧郁》最受注意。这篇小说发散着东北黑土的浓郁的芳香，我觉得可以和梭罗古柏比美。端木后将短篇小说结集，即以此篇为书名。

端木多才多艺。他从上海转到四川，曾

写过一些歌词，影响最大的是由张定和谱曲的《嘉陵江上》。这首歌不像“我的家在东北松花江上”那样过于哀伤，也不像“大刀向鬼子们的头上砍去”那样直白，而是婉转深挚，有一种“端木蕻良式”的忧郁，又不失“我必须回去”的信念，因此在大后方的流亡青年中传唱甚广。他和马思聪好像合作写过一首大合唱，我于音乐较为隔膜，记不真切了。他善写旧体诗，由重庆到桂林后常与柳亚子、陈迩冬等人唱和。他的旧诗间有拗句，但俊逸潇洒，每出专业诗人之上。他和萧红到香港后，曾两个人合编了一种文学杂志，那上面发表了一些端木的旧体诗。我只记得一句：

落花无语对萧红。

我觉得这颇似李商隐，在可解不可解之间。端木的字很清秀，宗法二王。他的文稿都很干净。端木写过戏曲剧本。他写戏曲唱词，是要唱着写的。唱的不是京剧，却是桂剧。端木能画。和萧红在香港合编的杂志中有的小说插图即是端木手笔。不知以何缘由，他和王梦白有很深的交情。我见过他一篇写王梦白的文章，似传记性的散文，又有小说的味道，是一篇好文章！王梦白在北京的画家中是最为萧疏淡雅的，结构重留白，用笔如流水行云，可惜

端木蕻良

死得太早了。一个人能对王梦白情有独钟，此人的艺术欣赏品味可知矣！

端木到北京市文联后，没有得到应有的重视，不知是什么原因。他被任为创研部主任，这是一个闲职。以端木的名声、资历，只在一个市级文联当一个创研部主任，未免委屈了他。然而端木无所谓。

关于端木的为人，有些议论。不外是两个字，一是冷，二是傲。端木交游不广，没有多少人来探望他，他也很少到显赫的高门大宅人家走动，既不拉帮结伙，也无酒食征逐，随时可以看到他在单身宿舍里伏案临帖，——他写“玉版十三行洛神赋”；看书；哼桂剧。他对同人疾苦，并非无动于衷，只是不善于逢年过节，“代表组织”到各家循例作礼节性的关怀。这种“关怀”也实在没有多大意思。至于“傲”，那是有的。他曾在武汉待过一些时候。武汉文化人不多，而门户之见颇深，他也不愿自竖大旗希望被别人奉为宗师。他和王采比较接近。王采即因酒后鼓腹说醉话“我是王采，王采是我。王采好快活”而被划为右派的王采。王采告诉我，端木曾经写过一首诗，有句云：

> 赖有天南春一树，
> 不负长江长大潮……

这可真是狂得可以！然而端木不慕荣利，无求于人，“帝力于我何有哉”，酒后偶露轻狂，有何不可，何必“世人皆欲杀”！

真知道端木的“实力”的，是老舍。老舍先生当时是市文联主席，见端木总是客客气气的（不像一些从解放区来的中青年作家不知道端木这位马王爷有“三只眼”）。老舍先生在一次大家检查思想的生活会上说:“我在市文联只‘怕’两个人,一个是端木,一个是汪曾祺。端木书读得比我多,学问比我大。今天听了他们的发言,我放心了。”老舍先生说话有时是非常坦率的。

端木晚年主要力量放在写《曹雪芹》上。有人说端木这一着是失算。因为材料很少,近乎是无米之炊。我于此稍有不同看法。一是作为小说的背景材料是不少的。端木对北京的礼俗、节令、吃食、赛会,搜集了很多,编组织绘,使这大部头小说充满历史生活色彩,人物的活动便有了广宽天地,此亦曹雪芹写《红楼梦》之一法。有些对人物的设计,诚然虚构的成分过大。如小说开头写曹雪芹小时候是当女孩子养活的。有评论家云“这个端木蕻良真是异想天开!说曹雪芹打扮成丫头,有何根据?!”没有根据!然而何必要有根据?这是小说,是充满浪漫主义色彩的小说,不是传记,不是言必有据的纪实文学。是想象,不是考证。我觉得治“红学”的专家缺少的正是想象。没有想象,是书呆子。

端木的身体一直不好。我认识他时他就直不起腰来,天还不怎么冷就穿起貉绒的皮裤,他能“对付”到八十五岁,而且一直还不放笔,写出不少东西,真是不容易。只是我还是有些惋惜,如果他能再“对付”几年,把《曹雪芹》写完,甚至写出《科尔沁旗草原》第二部,那多好!

一九九六年十一月二十八日

注释

原载《北京文学》一九九七年第三期。

林斤澜！哈哈哈哈……

林斤澜这个名字很怪。他原名庆澜，意思是庆祝河水安澜，大概生他那年他们家乡曾遭过一次水灾，后来水退了。不知从哪年，他自己改名“斤澜”。我跟他说过，“斤澜”没讲，他也说：没讲！他们家的人名字都有点怪。夫人叫“古叶”，女儿叫“布谷”。大概都是他给起的。斤澜好怪，好与众不同。他的《矮凳桥风情》里有三个女孩子，三姐妹叫笑翼、笑耳、笑杉。小城镇哪里会有这样的名字呢？我琢磨了很久，才恍然大悟：原来只是小一、小二、小三。笑翼的妈妈给儿女起名字时不会起这样的怪名字的，这都是林斤澜搞的鬼。夏尚质，周尚文，林尚怪。

林斤澜被称为“怪味胡豆”，罪有应得。

斤澜曾患心脏病，三十岁就得过一次心肌梗死。后来又得过一次，但都活下来了。六十岁时他就说过他活得已经够了本，再活就是白饶。斤澜的身体不算好，但他不在乎。我这些年出外旅游，总是“逢高不上，遇山而止”，斤澜则是有山就爬。他慢条斯理地，一步一步地走，还误不了看山看水，结果总是他头一个到山顶。一览众山小，笑看众头低。他应该节制饮食，但是他不，每有小聚，他都是谈笑风生，饮啖自若。不论是黄酒、白酒、葡萄酒、啤酒，全都招呼。最近有一次，他同时喝了三种酒。人常说酒喝杂了不好，斤澜说：“没事！”斤澜爱吃肉。“三天不吃肉就觉得难受。”他吃肉不讲究部位，冰糖肘子、腌笃鲜、蒜泥白肉，都行。他爱吃猪头肉，尤其爱吃“拱嘴”——猪鼻子，以为乃人间之“大美”。他是温州人，说起生吃海鲜，眉飞色舞。吃

汪曾祺与林斤澜关系甚密。两人在审美观上有诸多共同的话题。他们的创作对中国短篇小说的发展，起到了重要的作用。图为一九九五年秋与林斤澜在温州。

海鲜，喝黄酒，嘿！不过温州的“老酒汗”（黄酒再蒸一次）我实在喝不出好来。温州人还有一种喝法，在黄酒里加鸡蛋，煮热，这算什么酒！斤澜的吃喝是很平民化的。我和他曾在屯溪街头一小吃店的檐下，就一盘煮螺蛳，一人喝了两瓶加饭。他爱吃豆腐，老豆腐、嫩豆腐、毛豆腐、臭豆腐，都好。煎炒煮炸，都好。我陪他在乐山小饭馆吃了乡坝头上的菜豆花，好！

斤澜的生活是很平民化的。他不爱洗什么桑拿浴，愿意在澡堂的大池子里（水很烫）泡一泡，泡得大汁淋漓，浑身作嫩红色。他大概是有几身西服的，但我从未见过他穿了整齐的套服，打了领带。他爱穿夹克，里面是条纹格子衬衫。衬衫就是街上买的，棉料的多，颜色倒是不怕花哨。

斤澜的平民化生活习惯来自他对生活的平民意识。这种平民意识当然会渗入他的作品。

斤澜的哈哈笑是很有名的。这是他的保护色。斤澜每遇有人提到某人、某事，不想表态，就把提问者的原话重复一次，然后就殿以哈哈的笑声。“×××，哈哈哈哈……”“这件事，哈哈哈哈……”把想要从口中掏出他的真实看法的新闻记者之类的人弄得莫名其妙，斤澜这种使人摸不着头脑抓不住尾巴的笑声，使他摆脱了尴尬，而且得到一层安全的甲壳。在反右派运动中，他就是这样应付过来的。林斤澜不被打成右派，是无天理，因此我说他是“漏网右派”，他也欣然接受。

斤澜极少臧否人物，但是是非清楚，爱憎分明。他一直在北京市文联工作，对市文联的领导、一般干部的遗闻逸事了如指掌。比如老舍挨斗，是他亲眼所见，亲耳所闻，揭发批判老舍的人是赖也赖不掉的。他觉得萧军有骨头有侠气，真是一条汉子。红卫兵想要萧军低头认罪，萧军就是不低头，两腿直立，如同生了根。萧军没有动手，他说："我要是一动手，七八个小青年就得趴下。"红卫兵斗骆宾基，萧军说："你们谁敢动骆宾基一根毫毛！"京剧演员荀慧生病重，是萧军背着他上车的。"文革"后，文联作协批斗浩然，斤澜听着，忽然大叫："浩然是好人哪！"当场昏厥。斤澜平时似很温和，总是含笑看世界，但他的感情是非常强烈的。

斤澜对青年作家（现在都已是中年了）是很关心的。对他们的作品几乎一篇不落地都看了，包括一些评论家的不断花样翻新，用一种不中不西稀里古怪的语言所写的论文。他看得很仔细，能用这种古怪语言和他们对话。这一点，他比我强得多。

林斤澜！哈哈哈哈……

注释

原载《时代文学》一九九七年第二期。

老舍先生

北京东城迺兹府丰富胡同有一座小院。走进这座小院，就觉得特别安静，异常豁亮。这院子似乎经常布满阳光。院里有两棵不大的柿子树（现在大概已经很大了），到处是花，院里、廊下、屋里，摆得满满的。按季更换，都长得很精神，很滋润，叶子很绿，花开得很旺。这些花都是老舍先生和夫人胡絜青亲自莳弄的。天气晴和，他们把这些花一盆一盆抬到院子里，一身热汗。刮风下雨，又一盆一盆抬进屋，又是一身热汗。老舍先生曾说："花在人养。"老舍先生爱花，真是到了爱花成性的地步，不是可有可无的了。汤显祖曾说他的词曲"俊得江山助"。老舍先生的文章也可以说是“俊得花枝助”。叶浅予曾用白描为老舍先生画像，四面都是花，老舍先生坐在百花丛中的藤椅里，微仰着头，意态悠远。这张画不是写实，意思恰好。

客人被让进了北屋当中的客厅，老舍先生就从西边的一间屋子走出来。这是老舍先生的书房兼卧室。里面陈设很简单，一桌、一椅、一榻。老舍先生腰不好，习惯睡硬床。老舍先生是文雅的、彬彬有礼的。他的握手是轻轻的，但是很亲切。茶已经沏出色了，老舍先生执壶为客人倒茶。据我的印象，老舍先生总是自己给客人倒茶的。

老舍先生爱喝茶，喝得很勤，而且很酽。他曾告诉我，到莫斯科去开会，旅馆里倒是为他特备了一只暖壶。可是他沏了茶，刚喝了几口，一转眼，服务员就给倒了。“他们不知道，中国人是一天到晚喝茶的！”

有时候，老舍先生正在工作，请客人稍候，你也不会觉得闷得慌。你可以看看花。如果是夏天，就可以闻到一阵一阵香白杏的甜香味儿。一大盘香白杏放在条案上，那是专门为了闻香而摆设的。你还可以站起来看看西壁上挂的画。

老舍先生藏画甚富，大都是精品。所藏齐白石的画可谓“绝品”。壁上所挂的画是时常更换的。挂的时间较久的，是白石老人应老舍点题而画的四幅屏。其中一幅是很多人在文章里提到过的《蛙声十里出山泉》。“蛙声”如何画？白石老人只画了一脉活泼的流泉，两旁是乌黑的石崖，画的下端画了几只摆尾的蝌蚪。画刚刚裱起来时，我上老舍先生家去，老舍先生对白石老人的设想赞叹不止。

老舍先生极其爱重齐白石，谈起来时总是充满感情。我所知道的一点白石老人的逸事，大都是从老舍先生那里听来的。老舍先生谈这四幅里原来点的题有一句是苏曼殊的诗（是哪一句我忘记了），要求画卷心的芭蕉。老人踌躇了很久，终于没有应命，因为他想不起芭蕉的心是左旋还是右旋的了，不能胡画。老舍先生说："老人是认真的。"老舍先生谈起过，有一次要拍齐白石的画的电影，想要他拿出几张得意的画来，老人说："没有！"后来由他的学生再三说服动员，他才从画案的隙缝中取出一卷（他是木匠出身，他的画案有他自制的"消息"），外面裹着好几层报纸，写着四个大字："此是废纸"。打开一看，都是惊人的杰作——就是后来纪录片里所拍摄的。白石老人家里人口很多，每天煮饭的米都是老人亲自量，用一个香烟罐头。"一下、两下、三下……行了！"——"再添一点，再添一点！"——"吃那么多呀！"有人曾提出把老人接出来住，这么大岁数了，不要再操心这样的家庭琐事。老舍先生知道了，给拦了，说："别！他这么着惯了。不叫他干这些，他就活不成了。"老舍先生的意见表现了他对人的理解，对一个人生活习惯的尊重，同时也表现了对白石老人真正的关怀。

老舍先生很好客，每天下午，来访的客人不断。作家，画家，戏曲、曲艺演员……老舍先生都是以礼相待，谈得很投机。

每年，老舍先生要把市文联的同人约到家里聚两次。一次是菊花开的时候，赏菊。一次是他的生日——我记得是腊月二十三。酒菜丰盛，而有特点。酒是"敞开供应"，汾酒、竹叶青、伏特卡，愿意喝什么喝什么，能喝多少喝多少。有一次很郑重地拿出一瓶葡萄酒，说是毛主席送来的，让大家都喝一点。菜是老舍先生亲自掂配的。老舍先生有意叫大家尝尝地道的北京风味。我记得有次有一瓷钵芝麻酱炖黄花鱼。这道菜我从未吃过，以后也再没有吃过。老舍家的芥末墩是我吃过的最好的芥末墩！有一年，他特意订了两大盒“盒子菜”。直径三尺许的朱红扁圆漆盒，里面分开若干格，装的不过是火腿、腊鸭、小肚、口条之类的切片，但都很精致。熬白菜端上来了，老舍先生举起筷子：“来来来！这才是真正的好东西！”

老舍先生对他下面的干部很了解，也很爱护。当时市文联的干部不多，老舍先生对每个人都相当清楚。他不看干部的档案，也从不找人“个别谈话”，只是从平常的谈吐中就了解一个人的水平和才气，那是比看档案要准确得多的。老舍先生爱才，对有才华的青年，常常在各种场合称道，“平生不解藏人善，到处逢人说项斯”。而且所用的语言在有些人听起来是有点过甚其词，不留余地的。老舍先生不是那种惯说模棱两可、含糊其词、温暾水一样的官话的人。我在市文联几年，始终感到领导我们的是一位作家。他和我们的关系是前辈与后辈的关系，不是上下级关系。老舍先生这样“作家领导”的作风在市文联留下很好的影响，大家都平等相处，开诚布公，说话很少顾虑，都有点书生气、书卷气。他的这种领导风格，正是我们今天很多文化单位的领导所缺少的。

老舍先生是市文联的主席，自然也要处理一些“公务”，看文件，开会，做报告（也是由别人起草的）……但是作为一个北京市的文化工作的负责人，他常常想着一些别人没有想到或想不到的问题。

北京解放前有一些盲艺人，他们沿街卖艺，有的还兼带算命，生活很苦。他们的“玩意儿”和睁眼的艺人不全一样。老舍先生和一些盲艺人熟识，提议把这些盲艺人组织起来，使他们的生活有出路，别让他们的“玩意儿”绝了。为了引起各方面的重视，他把盲艺人请到市文联演唱了一次。老舍先生亲自主持，做了介绍，还特烦两位老艺人翟少平、王秀卿唱了一段《当皮箱》。这是一个喜剧性的牌子曲，里面有一个人物是当铺的掌柜，说山西话；有一个牌子叫“鹦哥调”，句尾的和声用喉舌做出有点像母猪拱食的声音，很特别，很逗。这个段子和这个牌子，是睁眼艺人没有的。老舍先生那天显得很兴奋。

北京有一座智化寺，寺里的和尚作法事和别的庙里的不一样，演奏音乐。他们演奏的乐调不同凡响，很古。所用乐谱别人不能识，记谱的符号不是工尺，而是一些奇奇怪怪的笔道。乐器倒也和现在常见的差不多，但主要的乐器却是管。据说这是唐代的“燕乐”。解放后，寺里的和尚多半已经各谋生计了，但还能集拢在一起。老舍先生把他们请来，演奏了一次。音乐界的同志对这堂活着的古乐都很感兴趣。老舍先生为此也感到很兴奋。

《当皮箱》和“燕乐”的下文如何，我就不知道了。

老舍先生是历届北京市人民代表。当人民代表就要替人民说话。以前人民代表大会的文件汇编是把代表提案都印出来的。有一年老舍先生的提案是：希望政府解决芝麻酱的供应问题。那一年北京芝麻酱缺货。老舍先生说：“北京人夏天离不开芝麻酱！”不久，北京的油盐店里有芝麻酱卖了，北京人又吃上了香喷喷的麻酱面。

老舍是属于全国人民的，首先是属于北京人的。

一九五四年，我调离北京市文联，以后就很少上老舍先生家里去了。听说他有时还提到我。

一九八四年三月三十日

注释

原载《北京文学》一九八四年第五期。

金岳霖先生

西南联大有许多很有趣的教授，金岳霖先生是其中的一位。金先生是我的老师沈从文先生的好朋友。沈先生当面和背后都称他为“老金”。大概时常来往的熟朋友都这样称呼他。关于金先生的事，有一些是沈先生告诉我的。我在《沈从文先生在西南联大》一文中提到过金先生。有些事情在那篇文章里没有写进去，觉得还应该写一写。

金先生的样子有点怪。他常年戴着一顶呢帽，进教室也不脱下。每一学年开始，给新的一班学生上课，他的第一句话总是：“我的眼睛有毛病，不能摘帽子，并不是对你们不尊重，请原谅。”他的眼睛有什么病，我不知道，只知道怕阳光。因此他的呢帽的前檐压得比较低，脑袋总是微微地仰着。他后来配了一副眼镜，这副眼镜一只镜片是白的，一只是黑的。这就更怪了。后来在美国讲学期间把眼睛治好了，——好一些了，眼镜也换了，但那微微仰着脑袋的姿态一直还没有改变。他身材相当高大，经常穿一件烟草黄色的麂皮夹克，天冷了就在里面围一条很长的驼色的羊绒围巾。联大的教授穿衣服是各色各样的。闻一多先生有一阵穿一件式样过时的灰色旧夹袍，是一个亲戚送给他的，领子很高，袖口极窄。联大有一次在龙云的长子，蒋介石的干儿子龙绳武家里开校友会，——龙云的长媳是清华校友，闻先生在会上大骂“蒋介石，王八蛋！混蛋！”那天穿的就是这件高领窄袖的旧夹袍。朱自清先生有一阵披着一件云南赶马人穿的蓝色毡子的一口钟。除了体育教员，教授里穿夹克的，好像只有金先生一个人。他的眼神即使是到美国治了后也还是不大好，走起路来有点深一脚浅一脚。他就这样穿着黄夹克，微仰着脑袋，深一脚浅一脚地在联大新校舍的一条土路上走着。

金先生教逻辑。逻辑是西南联大规定文学院一年级学生的必修课，班上学生很多，上课在大教室，坐得满满的。在中学里没有听说有逻辑这门学问，大一的学生对这课很有兴趣。金先生上课有时要提问，那么多的学生，他不能都叫得上名字来，——联大是没有点名册的，他有时一上课就宣布：“今天，穿红毛衣的女同学回答问题。”于是所有穿红衣的女同学就都有点紧张，又有点兴奋。那时联大女生在蓝阴丹士林旗袍外面套一件红毛衣成了一种风气。——穿蓝毛衣、黄毛衣的极少。问题回答得流利清楚，也是件出风头的事。金先生很注意地听着，完了，说：“Yes！请坐！”

学生也可以提出问题，请金先生解答。学生提的问题深浅不一，金先生有问必答，很耐心。有一个华侨同学叫林国达，操广东普通话，最爱提问题，问题大都奇奇怪怪。他大概觉得逻辑这门学问是挺“玄”的，应该提点怪问题。有一次他又站起来提了一个怪问题，金先生想了一想，说：“林国达同学，我问你一个问题：‘Mr. 林国达 is perpendicular to the blackboard（林国达君垂直于黑板）’这什么意思？”林国达傻了。林国达当然无法垂直于黑板，但这句话在逻辑上没有错误。

林国达游泳淹死了。金先生上课，说：“林国达死了，很不幸。”这一堂课，金先生一直没有笑容。

有一个同学，大概是陈蕴珍，即萧珊，曾问过金先生：“您为什么要搞逻辑？”逻辑课的前一半讲三段论，大前提、小前提、结论、周延、不周延、归纳、演绎……还比较有意思。后半部全是符号，简直像高等数学。她的意思是：这种学问多么枯燥！金先生的回答是：“我觉得它很好玩。”

除了文学院大一学生必修逻辑，金先生还开了一门“符号逻辑”，是选修课。这门学问对我来说简直是天书。选这门课的人很少，教室里只有几个人。学生里最突出的是王浩。金先生讲着讲着，有时会停下来，问：“王浩，你以为如何？”这堂课就成了他们师生二人的对话。王浩现在在美国。前些年写了一篇关于金先生的较长的文章，大概是论金先生之学的，我没有见到。

王浩和我是相当熟的。他有个要好的朋友王景鹤，和我同在昆明黄土坡一个中学教书，王浩常来玩。来了，常打篮球。大都是吃了午饭就打。王浩管吃了饭就打球叫“练盲肠”。王浩的相貌颇“土”，脑袋很大，剪了一个光头，——联大同学剪光头的很少，说话带山东口音。他现在成了洋人——美籍华人，国际知名的学者，我实在想象不出他现在是什么样子。前年他回国讲学，托一个同学要我给他画一张画。我给他画了几个青头菌、牛肝菌，一根大葱，两头蒜，还有一块很大的宣威火腿。——火腿是很少入画的。我在画上题了几句话，有一句是“以慰王浩异国乡情”。王浩的学问，原来是师承金先生的。一个人一生哪怕只教出一个好学生，也值得了。当然，金先生的好学生不止一个人。

金先生是研究哲学的，但是他看了很多小说，从普鲁斯特到福尔摩斯，都看。听说他很爱看平江不肖生的《江湖奇侠传》。有几个联大同学住在金鸡巷，陈蕴珍、王树藏、刘北汜、施载宣（萧荻）。楼上有一间小客厅。沈先生有时拉一个熟人去给少数爱好文学、写写东西的同学讲一点什么。金先生有一次也被拉了去。他讲的题目是《小说和哲学》，题目是沈先生给他出的。大家以为金先生一定会讲出一番道理。不料金先生讲了半天，结论却是：小说和哲学没有关系。有人问：“那么《红楼梦》呢？”金先生说：“《红楼梦》里的哲学不是哲学。”他讲着讲着，忽然停下来：“对不起，我这里有个小动物。”他把右手伸进后脖颈，捉出了一个跳蚤，捏在手指里看看，甚为得意。

金先生是个单身汉（联大教授里不少光棍，杨振声先生曾写过一篇游戏文章《释鳏》，在教授间传阅），无儿无女，但是过得自得其乐。他养了一只很大的斗鸡（云南出斗鸡）。这只斗鸡能把脖子伸上来，和金先生一个桌子吃饭。他到处搜罗大梨、大石榴，拿去和别的教授的孩子比赛。比输了，就把梨或石榴送给他的小朋友，他再去买。

金先生朋友很多，除了哲学系的教授外，时常来往的，据我所知，有梁思成、林徽因夫妇，沈从文，张奚若……君子之交淡如水，坐定之后，清茶一杯，闲话片刻而已。金先生对林徽因的谈吐才华，十分欣赏。现在的年轻人多不知道林徽因。她是学建筑的，但是对文学的趣味极高，精于鉴赏，所写的诗和小说如《窗子以外》《九十九度中》，风格清新，一时无二。林徽因死后，有一年，金先生在北京饭店请了一次客，老朋友收到通知，都纳闷：老金为什么请客？到了之后，金先生才宣布："今天是徽因的生日。"

金先生晚年深居简出。毛主席曾经对他说："你要接触接触社会。"金先生已经八十岁了，怎么接触社会呢？他就和一个蹬平板三轮车的约好，每天蹬着他到王府井一带转一大圈。我想象金先生坐在平板三轮上东张西望，那情景一定非常有趣。王府井人挤人，熙熙攘攘，谁也不会知道这位东张西望的老人是一位一肚子学问，为人天真、热爱生活的大哲学家。

金先生治学精深，而著作不多。除了一本大学丛书里的《逻辑》，我所知道的，还有一本《论道》。其余还有什么，我不清楚，须问王浩。

我对金先生所知甚少。希望熟知金先生的人把金先生好好写一写。

联大的许多教授都应该有人好好地写一写。

一九八七年二月二十三日

注释

原载《读书》一九八七年第五期。

赵树理同志二三事

赵树理同志身高而瘦。面长鼻直，额头很高。眉细而微弯，眼狭长，与人相对，特别是倾听别人说话时，眼角常若含笑。听到什么有趣的事，也会咕咕地笑出声来。有时他自己想到什么有趣的事，也会咕咕地笑起来。赵树理是个非常富于幽默感的人。他的幽默是农民式的幽默，聪明，精细而含蓄，不是存心逗乐，也不带尖刻伤人的芒刺，温和而有善意。他只是随时觉得生活很好玩，某人某事很有意思，可发一笑，不禁莞尔。他的幽默感在他的作品里和他的脸上随时可见（我很希望有人写一篇文章，专谈赵树理小说中的幽默感，我以为这是他的小说的一个很大的特点）。赵树理走路比较快（他的腿长；他的身体各部分都偏长，手指也长），总好像在侧着身子往前走，像是穿行在热闹的集市的人丛中，怕碰着别人，给别人让路。赵树理同志是我见到过的最没有架子的作家，一个让人感到亲切的、妩媚的作家。

树理同志衣着朴素，一年四季，总是一身蓝卡其布的制服。但是他有一件很豪华的“行头”，一件水獭皮领子、礼服呢面的狐皮大衣。他身体不好，怕冷，冬天出门就穿起这件大衣来。那是刚“进城”的时候买的。那时这样的大衣很便宜，拍卖行里总挂着几件。奇怪的是他下乡体验生活，回到上党农村，也是穿了这件大衣去。那时作家下乡，总得穿得像个农民，至少像个村干部，哪有穿了水獭领子狐皮大衣下去的？可是家乡的农民并不因为这件大衣就和他疏远隔阂起来，赵树理还是他们的“老赵”，老老少少，还是跟他无话不谈。看来，能否接近农民，不在衣裳。但是敢于穿了狐皮大衣而不怕农民见外的，恐怕也只有赵树理同志一人而已。——他根本就没有考虑穿什么衣服“下去”的问题。

他吃得很随便。家眷未到之前，他每天出去“打游击”。他总是吃最小的饭馆。霞公府（他在霞公府市文联宿舍住了几年）附近有几家小饭馆，树理同志是常客。这种小饭馆只有几个菜。最贵的菜是小碗坛子肉，最便宜的菜是“炒和菜盖被窝”——菠菜炒粉条，上面盖一层薄薄的摊鸡蛋。树理同志常吃的菜便是炒和菜盖被窝。他工作得很晚，每天十点多钟要出去吃夜宵。和霞公府相平行的一个胡同里有一溜卖夜宵的摊子。树理同志往长板凳上一坐，要一碗馄饨，两个烧饼夹猪头肉，喝二两酒，自得其乐。

喝了酒，不即回宿舍，坐在传达室，用两个指头当鼓箭，在一张三屉桌上打鼓。他打的是上党梆子的鼓。上党梆子的锣经和京剧不一样，很特别。如果有外人来，看到一个长长脸的中年人，在那里如醉如痴地打鼓，绝不会想到这就是作家赵树理。

赵树理是一个多才多艺的农村才子。王春同志在一篇文章中提到过树理同志曾在一个集上一个人唱了一台戏：口念锣经过门，手脚并用作身段，还误不了唱。这是可信的。我就亲眼见过树理同志在市文联内部晚会上表演过起霸。见过高盛麟、孙毓堃起霸的同志，对他的上党起霸不是那么欣赏，他还是口念锣经，一丝不苟地起了一趟“全霸”，并不是比画两下就算完事。虽是逢场作戏，但是也像他写小说、编刊物一样地认真。

赵树理同志很能喝酒，而且善于划拳。他的划拳是一绝：两只手同时用，一会儿出右手，一会儿出左手。老舍先生那几年每年要请两次客，把市文联的同志约去喝酒。一次是秋天，菊花盛开的时候，赏菊（老舍先生家的菊花养得很好，他有个哥哥，精于艺菊，称得起是个“花把式”）；一次是腊月二十三，那天是老舍先生的生日。酒、菜，都很丰盛而有北京特点。老舍先生豪饮（后来因血压高戒了酒），而且划拳极精。老舍先生划拳打通关，很少输的时候。划拳是个斗心眼的事，要捉摸对方的拳路，判定他会出什么拳。年轻人斗不过他，常常是第一个“俩好”就把小伙子“一板打死”。对赵树理，他可没有办法，树理同志这种左右开弓的拳法，他大概还没有见过，很不适应，结果往往败北。

赵树理同志讲话很“随便”。那一阵很多人把中国农村说得过于美好，文艺作品尤多粉饰，他很有意见。他经常回家乡，回来总要做一次报告，说说农村见闻。他认为农村还是很穷，日子过得很艰难。他戏称他戴的一块表为“五驴表”，说这块表的钱在农村可以买五头毛驴。——那时候谁家能买五头毛驴，算是了不起的富户了。他的这些话是不合时宜的，后来挨了批评，以后说话就谨慎一点了。

赵树理同志抽烟抽得很凶。据王春同志的文章说，在农村的时候，嫌烟袋锅子抽了不过瘾，用一个山药蛋挖空了，插一根小竹管，装了一“蛋”烟，狂抽几口，才算解气。进城后，他抽烟卷，但总是抽最次的烟。他抽的是什么牌子的烟，我不记得了，只记得是棕黄的皮儿，烟味极辛辣。他逢人介绍这种牌子的烟，说是价廉物美。

赵树理同志担任《说说唱唱》的副主编，不是挂一个名，他每期都亲自看稿，改稿。常常到了快该发稿的日期，还没有合用的稿子，他就把经过初、二审的稿了抱到屋里去，一篇一篇地看，差一点的，就丢在一边，弄得满室狼藉。忽然发现一篇好稿，就欣喜若狂，即交编辑部发出。他把这种编辑方法叫作“绝处逢生法”。有时实在没有较好的稿子，就由编委之一自己动手写一篇。有一次没有像样的稿子，大概是康濯同志说：“老赵，你自己搞一篇！”老赵于是关起门来炮制。《登记》（即《罗汉钱》）就是在这种等米下锅的情况下急就出来的。

赵树理同志的稿子写得很干净清楚，几乎不改一个字。他对文字有“洁癖”，容不得一个看了不舒服的字。有一个时候，有人爱用“妳”字。有的编辑也喜欢把作者原来用的“你”改“妳”。树理同志为此极为生气。两个人对面说话，本无须标明对方是不是女性。世界语言中第二人称代名词也极少分性别的。“妳”字读“奶”，不读“你”。有一次树理同志在他的原稿第一页页边写了几句话：“编辑、排版、校对同志注意：文中所有‘你’字一律不得改为‘妳’字，否则要负法律责任。”

树理同志的字写得很好。他写稿一般都用红格直行的稿纸，钢笔。字体略长，如其人，看得出是欧字、柳字的底子。他平常不大用毛笔。他的毛笔字我只见过一幅，字极潇洒，而有功力。是在劳动人民文化宫见到的。劳动人民文化宫刚成立，负责“宫务”的同志请十几位作家用宣纸毛笔题词，嵌以镜框，挂在会议室里。也请树理同志写了一幅。树理同志写了六句李有才体的通俗诗：

古来数谁大，
皇帝老祖宗。
今天数谁大，
劳动众弟兄。
还是这座庙[1]，
换了主人翁！

一九九〇年六月八日

注释

原载《今古传奇》一九九〇年第五期。

① 劳动人民文化宫原是太庙。

怀念一个朝鲜驾驶员同志

一年半以前，你和你的兄弟们开着汽车把四野南下工作团的一部分人从漯河送到了汉口。开车那天是五月十九，到汉口是五月二十五，我记得很清楚。

起先我们不知道你们的来历，我们对你还颇有点不以为然。

第一天，车子开出去没多远就抛了锚，大家下了车，在荒沙田里，坐着躺着等着。有人说：司机干什么的，开机之前不检查检查；并且嘲笑了那辆车。十个轮子什么牌子都有，福特、固特异、老人头……还有一只日本胎！我们有个同志开过车，爬下去看了半天说：这家伙蛮干！跟他说了半天，像听不懂话似的！——怎么回事呢？——后轮少了一个螺丝，老先生从车上卸下来了一个，又没有扳子，扳子不合用，用个榔头在往上一点一点地敲呢！——扳子都不带全了！大家觉得：得！这一路，且瞧着吧，算碰上啦，又是这种路。——老公路全破坏了，这是“新”路，本来不是走汽车的；好多地方没有路，从麦田里开过去。

不过没多久，马上我们就发现了我们的错误。你的驾驶技术通过整个的车身而让我们感觉到了。车行得匀净，细致，稳当，——快，毫不觉着狂躁，轻轻易易地就赶上了并且越过了前头好多辆车。安全，舒服，轻松之感透过了我们全身，我们太放心了。我坐过公路车子很不少，很知道其中的甘苦，我不但满意，而且赞叹。而我们那位会开车子的同志用了两个字来形容你的驾驶：优美。乘坐在这样的车子上面的“乘客”对于驾驶汽车的人产生了一种共通的感情乃是非常自然的事。——这样的车子正是你这样的人开出来的。我们不能否认一个人干出来的活跟他那个人、那个人的样子是要有一种关系的。

我们也知道，一个人在什么情形之下才愿意，也可能把他的工作干得那么好。

后来我们才知道你们是朝鲜人，你们是四连，四连全连都是朝鲜人。我们知道这一连是全汽车团最棒的一连，全团都向你们学习，向你们看齐。你们技术最好，立功最多，团里很多驾驶员都是你们训练出来的。你们里头党员最多，占绝大多数。你们参加了整个的东北解放战争，参加运输工作，也参加战斗。你们的英勇事迹在四野全军中流传，而你的手……

我们才注意到你的左手的指头全没有了。

那是在四平战斗中失去的。敌人扔下一个炸弹，掉在你车头上，车子着了火，你为了还想救住车子，救住车上的人，没往外跳，你的手把住了方向盘，汽油烧着了你的手。

你的副手，告诉我们你因为只用一只手开车，很吃亏。你伤了一只手，不健全了，开车时得在身上绑上很多带子，才坐得住。有时休息下来，我们看到他给你整理那些带子，我们看到那些怪复杂的白色的带子缚在你的现在看起来还是非常美好的肉体上，看到你有点困难地穿起你的衬衫。你那个副手到了一定的站头，就要给你整理一次，用不着你告诉他。你不说话，微微地侧过身子，似乎稍微屏住了一点呼吸，默默地让他在你身上整治。

我们很难体会你身体里的感觉，很难体会你这样的身体在驾驶汽车的时候内部是怎样运动的，你怎样把你的意志通过你的肌肉和神经传达到机器的里面去的。

而你，一直是全连最优秀的一个驾驶手，而且是最好的修械手。全连的车子都在你手里修过，许多车出了毛病，都得来问你。因此，我们这一辆跑得虽然快，到晚上的休息站的时候常常要在前头等着，你要看看大多数的车都开过去了再赶上去，你得照顾着他们。也正因此，你的扳子不齐全，你把你的给了别人了。我们不懂你们的话，但是不管是在车子相错而过的时候，或者休息站上相逢的时候，我们懂得你的兄弟们眼睛里对你的感激、告慰，这里头再混合了在异国的战斗途程中的特殊的亲密，实在叫我们在车上的人都深深地感动了。

在这辆含蓄了高度的个性化了的国际主义的忠诚和浸润着兄弟般的阶级的爱情的十轮卡车里歌唱着或者沉思着，我们就越来越不能忘情于你的身体，忘情于你的身体的美了。

你长得一副好体格，你长得颀长，挺拔，清秀而温和。

一到休息的时候，我们就要看看你。

我们看你安详地走下车来，点着一支烟，走到路边去，站下来，这边看看，那边看看。离开狭窄的车头里和奔驶的景物，新鲜空气和空阔的安静的视野叫你觉得很舒畅，很愉快。

车过了商水、上蔡、汝南……过了罗山。车从上面搭着一个小戏台的砖制牌坊下开过，从流着清澈见底的活水的乡下小石桥上开过，从扎着松彩的市镇街里开过……这一切，你都跟我们一样地发生兴趣，这些汉唐以上的要镇的现代的小城，处处都还保留着中古文化的余响。过了罗山，风景就变了，再不是一些无际的广大而不免沉闷的黄土平原了，开始有水田水牛了，——我们里头有北方人还是第一次看到水牛！汽车路爬上去又爬下来，再没有那么清楚深刻地感觉过这是丘陵地带了。从平原到丘陵，截然不同，完全是两种感觉。漫山开野薇，树多椿树桑树，到处都是树，高低层叠；色调丰富多变，真是应接不暇；屋顶的坡度也大了，南方雨水多啊……我们也看到你对这个变化充满了惊奇。你从一九四六年就参加了我们的队伍，一直在东北，我相信到今天你还会清楚地记得，你在你的对于“中国”的认识上增加了一个新的经验。

我永远记得，汽车在一个乌黑的山谷间长满浓密的乌柏树的石壁下的路边停下来加水，记得你爬上去，站在一棵大树底下向远处眺望；我记得你跨过一道小溪，蹲在梯田的埂上低着头拈弄着一株野草……

当时我就想一定有什么东西是你所十分熟悉的，触动了你，让你那么喜悦。今天，我相信我当时的感觉，我从一些报道中证实了朝鲜很多地方属于丘陵地带，而你们的田，你们的农民分得的正多是梯田。你在东北，在华北，两三年来没有见过你的故乡风物了。你爱你的祖国的山和田，也一样地热爱着我们的啊。你把我们的祖国当作是你们的一样地爱着。你知道亚洲是整个亚洲人民的亚洲，一个国家的人民的解放是世界人民解放的一部分，因此，你和你的兄弟在我们的国土上战斗，为它流血。

可惜的是你很少说话。你不大会说中国话，能听懂一些，说不上来几句，“劳驾”“谢谢”……不过沉默是你的性格。你跟你的兄弟们，甚至跟你的副手也说得不多。从你跟他们说话当中，我们知道你的声音不高，很平和，说得慢慢的。不过就是语言上没有隔阂，我们可以交谈的机会也很少，中途休息的时候很短促，大家忙着吃饭，喝水，——还忙着解手；开车的时候你在车头上；而晚上宿营的时候你得跟你的连队集合在一起，跟我们分开了。路上有时吃饭，拉你们，你们已经自己吃起来了。你们带着饭盒子，白饭，冷水泡一泡，就咸菜。请你抽烟你说自己有，“谢谢”。

你那个副手是个很有意思的人物，他活泼得很，人生得短短的，腿有点向外弯曲，可是动作灵活而敏捷，他似乎很“好管闲事”。一遇到有汽车抛了锚他都要下去，一边帮着你，一边哇啦哇啦大声嚷嚷，手脚也不停地舞动。有一次修理一个车子，半天没有修好，他从车子底下爬出来骂了一声“他妈的！”我们都笑了，他看着我们，也笑了。在路中过去没多远，大雨中我们下来推车子，他跟我们在一起，推推挤挤，兴奋而热烈，跟我一点界限没有。我们实在很喜欢他。每回他下车来或者加水，或者帮别人修车，都是等车子开动了，然后再从后面赶上来，一跃而上。他那个因为弯腿而显得很特殊的奔跑的姿态，他的穿着褪色的草黄色的制服的宽阔背影已经为我们十分熟悉。他一定很健谈，而且说话一定非常风趣。——我们见到他跟你说什么事引得你轻轻地笑了。

我们在一个车上整整一个星期，二十五号晚上十一点钟，下着大雨，你把我们送到汉口孤儿院，我们匆匆忙忙地下了车，搬运行李，安排房子，准备饭，忙乱之中竟然没有好好地向你们告别。你也急于归队，在我们刚下完了车的时候立刻就开走了。我的手上至今还感到欠缺那个紧紧的一握。

我们遗憾的不仅是缺少那一握手。我们对你的好感太多，而对你知道得太少，我当时的这种感情至今仍在我的胸口蠕动。我竭力忆想着我可能记得的一切细节，我还记得些什么？

是的，我记得你们也像我们一样的，有机会就过组织生活，我记得你们在路上学习的材料是译成朝鲜文的“新民主主义论”。我记得你们休息时读着报纸，是朝鲜文的：因为你们人数很多，参加我们的工作的有好几万，所以特为你们办了报纸。我记得在宣化店住宿的时候，那天晚上我们留了一部分行李在车上，我和另外一个同志留下来守车。记得你帮助我们支好了布篷，借给了我们一个手电棒，点点头，走到躺着很多你的兄弟的另一个车子里去，记得你们吹着口琴、唱了歌，我们听得出你的声音也在里头，我们记得，你们唱的是：

东方红
太阳升
中国出了一个毛泽东……

我们记得，你们在把我们送到之后，接到了新的任务，继续向南方开行。……

我知道，我究竟记住了一些东西。这些东西是我们最应该记得的。

相隔了一年半的今天，我在这儿怀念着你，我相信你一定老早回到了你们的祖国，参加了解放祖国的战斗。我仿佛看到你还是那么沉默，文雅而安静。我从李庄同志所写的报道中相信你会仍然是我的记忆中的那个样子，我仿佛觉得那个在战斗的休息当中，靠在方向盘上读着《文学与艺术》的驾驶员就是你。我也仿佛看到你会在保卫祖国、保卫和平、反对美国侵略的战斗中表现着你在四平战斗中的英勇品质。

一个邮件的复活

——访问北京邮政管理局无着邮件股

你在家里坐着，看着报，跟朋友谈着天……可是每一个人此刻都可能有一封上面写着你的名字，将要属于你的信或是一个邮包，正在路上走着，向着你走来，你想得到吗？你写得了一封信，轻轻地往街角的邮筒里一丢，你知道会有多少人将要为你这封信而工作，他们会日以继夜，不辞劳苦地把你的思想、你的感情传递到你所希望的地方去？……

华侨林潭水在爪哇耶嘉达开了一个小铺子，做土产生意。林潭水有个女儿在祖国解放之后回了国，到了人民的首都北京。前些日子女儿来信，说在北京进了她一向向往的学校，一切都很好；国内各方面对侨生的照顾都很周到，请放心；只是需要一本重要的参考书，国内一时买不到，请父亲在南洋设法买一买。

林老先生立刻就去到处打听，想尽了办法，终于把这本书买到了，心里高兴极了，当时就寄了出去。

这本书从耶嘉达装上了邮船，越过重洋大海，经过香港，转到九龙、广州、上了火车，一直送到了北京。一路上下船过站，搬进搬出，不知道经过多少道手续，它身上盖满了累累的邮戳，说明了它所经历的路程的遥远和曲折。

书到了北京。是挂号邮件，转到挂号股。挂号股的同志拿起这个颇为沉重的牛皮纸包一看，很惋惜地叹了一口气：这个邮件大概要“死”！

邮件无法投递也无法退还的，邮局习惯语说它是“死”了，这种邮件常常就叫作“死件”。这个名字叫得很刺激，可是有什么字比它更恰当，更能表达实际情形的呢，既然这个邮件对于任何人都没有了意义？要是在邮局搁上 年，没有人来认领，按照邮章，就要焚毁，那就真是名副其实地从这个世界上消失了。

这个邮件的封皮上一共写了八个大字：

北京

林爱梅小姐收

这么大一个北京，哪儿去找这个林爱梅去？

可是咱们人民的邮政局找到了林爱梅，把这本书交到了林爱梅本人的手里！

一月二十六日人民日报“读者来信”栏发表了华侨学生林爱梅感谢邮政工作同志的信。看了报的人都很为这件事所感动。这也许是一件小事，但又不是一件小事。这是一个消息，它透露了许多更伟大、更不平凡的事物，它只是在我们周围流动不息的新鲜事物的一滴，它的背后是我们整个的祖国，整个的时代。正因为它不是偶然的，不是孤单的，所以我们的感动才会那么深，那么广，那么真挚。

可是我们有的同志不以为然，说如果邮政局整天净为这样的邮件去奔走，这在人力上是一个浪费，这对于更多的群众是一个损失，这不值得！

这似乎也是一个道理。可是我们为什么不到邮局去作一次访问呢？

我到北京邮政管理局，找到了关西郇同志。我被领进了“无着股”（好个新鲜的名称！），关西郇同志是无着股的股长。

这是一间普通房间，很大，除了几张又长又大的桌子和一个里面隔成许多四方格子的白木架子之外就没有什么陈设了，因此显得很空。房间里的东西，从纸墨笔砚，茶杯茶壶，一直到人身上的衣服，都跟这个房间本身，门窗四壁，光滑的地板，和虽然有点旧了的窗户帘，都不大相称：一个是那么朴素，一个是曾经很豪华，而现在看起来还是非常讲究的。要说这个房间跟邮局其他部门有什么不同，那除非是它显得那么特别的安静。——进邮局的侧门，你就会感觉到这里面洋溢着的一种特殊的兴奋和热烈，那么多大大小小的邮包，那么多你看见的和看不见的人在活动，可见到处又是那么井井有条，忙而不乱，你体会得到这个庞大和复杂的机构内部的完美的组织。而一进这一间屋子，你马上就会平静下来，你会把一路上带来的街市的烦嚣都丢在门外。这儿不像个办公的地方，倒像是个研究室。如果你闭起眼睛，你会不相信这屋里还有四个人，这四个人正在非常用心地做着一件非常细致的工作。

一见到关西郇同志，你就会觉得，这真是一个非常适合于做这个工作的人。关股长不厌其详地告诉了我们要知道的一切，他的态度那么诚恳，那么亲切，他一定是用同样的诚恳和亲切来处理这些“无着”的邮件的。

无着邮件的处理是没有一定的。

也许拿到了一封信，一分钟里头就可以有个水落石出。去年十二月二十九，退回来一封寄到上海去的私人函件，没有下款。无着股拿过来一看，信封上有个邮箱戳子，号码是 ×××，记得清楚，这个邮箱是挂在外交部院子里头的，断定寄信的出不了外交部。上那儿一问，果然。——每一个邮箱都有固定的号码，信从邮箱里倒出来，首先就得盖上号码戳。

可是多数邮件就不那么简单，得把信剪开，从信的里头，从字里行间，从一句半句话，一个电话号码，提到的一个人，说起的一件事，从各种各样的错综复杂的关系里头去发现线索。比如，去年六月里有一封从青岛退回来的信，信封上信里头的署名都只有一个“龚”字，信上说的事情又多是平平常常的事，研究了半天，没有结果，后来把信封翻了个面，——信封是用普通笔记纸自制的，在上面找到了几个字，是一篇日记的残页：“今天我们二女中也参加了游行。”好了，到二女中把所有的姓龚的同学都找到，终于找到其中一个是寄这封信的。北京解放后不久，处理了一封无着信，信不是交给信封上写的那个人，而是交给她的爱人的。信里提到这个女同志的爱人，说起他已经光荣地参加了中国共产党，不日就要调到北京工作，信里还附了一张两个人合拍的武装骑马照片，结果是由邮局党支部拿了这张照片到市委去对了好久才对了出来。——只有无着股有权利拆阅信件，这是法律规定的。——这个特殊的权利，我想大概不会有什么人不同意。

也许你会觉得，这样的邮件不会太多罢？这样的邮件在全部邮件中不知道占多大一个比重，但是根据去年一年的统计，因为无法投递或退还而转到无着股来的信件，一共是一万一千二百二十六件！据一个解放以前就做无着邮件工作的赵同志说，这已经少得多了，解放以前一季就能有这样一个数目！各种各样的信，无奇不有！有的信封上甚至于一个字都没有，邮局最近给起了个名字，叫作"白板"。关股长一下子就拿出五封这样的"白板"信给我看。也巧得很，五封都是洋纸白封，雪白雪白，连一点其他颜色的痕迹都没有！

正说着，就有邮勤员送来了一叠"无着信"。

"这都是一些生死不明的信，"关股长说，"只要有一点点蛛丝马迹，我们都要尽量叫它复活，叫它死里求生！"

怎样使死信复活呢？

靠经验，靠对于社会情况的了解熟悉，靠丰富的常识。每一种知识，都可能有用处。这种知识是怎么得来的？像一切的知识一样，靠学习。那位赵同志今年四十八了，可是我看见他抽屉里有一本朱谱萱编的"初级俄语读本"。此外，靠工作的时候细心，靠创造的智慧；更重要的，靠为人民服务的责任感。这种责任感虽然是习惯了的，职业化了的，可是是常新的，不懈的，顽强的。

林爱梅的那个邮件的处理经过是这样的：挂号股觉得无法投递，交给了社会服务股。社会服务股想登一个报，或者通过电台广播来找这个人，但考虑不一定发生效力，决定给无着股先试一试。无着股接到了，首先研究了这个邮件情况，认为：该件从爪哇寄来，封皮上写的是中国字，受信人大概是归国华侨；寄的是一本原文专门著作，可能是一个大学程度的侨生；“林爱梅”不会是个男人的名字，大概是一个归国华侨女生；照例，归国华侨，特别是侨生，必会到华侨归国联谊会登记，于是决定先向华侨归国联谊会试探。

下午，用电话向侨联联系，问有没有这样一个人，答复是：“不知道。”

“不知道”？这不可能！从声音中令人对这个接电话的不能信任。他不知道，有人知道。再叫一个电话，请找负责人冯同志。

冯同志说：“有这个人。是个女生。前一些时住在三大人胡同华侨事务所宿舍。”

有这个人，“是个女生”，对了！接侨委会宿舍。

侨委会宿舍说：“林爱梅不在这儿了，上师大学习去了。”

接师大。

师大校务处翻遍了全部学生名册，答复得非常肯定：“没有这个人！”

师大没有，问北大，问辅仁。……

“没有。”

“没有！”

可是无着股的同志并不失望，他们在工作中养成了特殊的冷静和耐心。他们又研究了一下情况，觉得侨委会宿舍的答复可能不正确，决定再回来跟侨委会宿舍联系，找负责人。负责人是一个叫顾明的同志，这回的答复是：

“林爱梅，有这个人，是爪哇归国侨生，曾经在这儿住过，现在在西郊清华大学学习。”

无着股的同志在说到这位顾明同志的时候充满了感激。但是他们还得再问一句：

“确是在清华？”

“确是在清华。”

“什么时候去的？”

“三个月以前。”

好了，终于有了结果！可是这不等于已经找到了林爱梅。像这样在最后一个环节上遇到了阻碍，白忙了半天的事不是没有过。下午，又打了一下午电话，找到清华斋务股，找到林爱梅的同屋同学，最后才找到林爱梅本人，到找到林爱梅本人的时候已经下午六点半，下了班半天了。——当然，你可以想象得到，虽然晚下了班，肚子也有点饿了，可是无着股的同志是带了别人不能了解的笑脸走出他们的办公室的。

这样的到处去“捕风捉影”，不是很渺茫么？

也不，有相当的把握的，而且一个时期当中的复活的比率是可以估计出来的。无着股一九五一年的计划是要到复活率百分之五十到六十。第一季的计划订的是百分之五十二，根据每一周的总结，都是超额完成的。

是不是一向的复活率都是如此？

不，解放以前的复活率经常是百分之十二到十三，最高到过百分之十八。

从百分之十二到百分之五十二，解放与不解放的分别在此！当然，你可以想象，无着股的工作绝非是孤立的、突出的。这个数字是有一般性的，从这个数字上是可以看出邮局的全部工作情况的。

同志，你对于这个数字有什么感想？

为什么解放前跟解放后有这样的鲜明的对照呢？

解放以前这间屋子不是办公室，是宿舍，是“外国人”的宿舍，这三楼整个都是外国人的宿舍。这里头住过英国人、法国人、意大利人，最后一个时期最多的是美国人。那个大白木架子后面是一个门，从前挂着丝绒门帘，那一边是个小客室，这边是跳舞的地方，右边是卧室、厨房。一个跑街的，一个打字员，一个在本国不知道干什么的，一个流氓，到了中国，就能当一个一等秘书，署副邮长衔。洋房、汽车、厨子、花匠、保姆……连草纸都是邮局供给，每一个人还有一条狗，领一个邮务生的薪水！中国职员呢，“从前人家说邮局是个铁饭碗，”赵同志整理完了一包邮件，愤愤地说，“这个铁饭碗可不好捧，早来，晚去，低三下四！在办公室里说话都不敢大声，说跟小学生坐在课堂里一样；外国人说什么是什么，外国人说鸡蛋是树上长的，还有个把儿，你也得听着！”

中国的自有邮政到现在有五十几年的历史，除了最近两年和原有的老解放区邮政之外，都是“客邮”，所谓“中华邮政”，是帝国主义掌握之下的殖民地化的邮政，他们的所举办的一切的业务是围绕着帝国主义的利益的。比如，他们举办“邮寄箱匣”——“金银箱匣”，“矿产箱匣”，“土产箱匣”……我们的金银，我们的钨砂，我们的文化遗产，我们珍贵的艺术品，就叫他们装在这些“箱匣”里运出去了！……

今天，我们把帝国主义赶了出去，从每一个地方把帝国主义赶出去了，从邮政局，从这个楼上、这间屋子里把他们赶出去了！今天的邮政是“人民邮政”，跟老的“中华邮政”本质上就是不同的。人民的邮政所举办的一切业务是针对着人民的利益的。我们的邮局举办了书报发行，为了要叫书报流传得远，流传得快，为了要叫文化普及，为了广大人民今天那么迫切地需要文化；我们的邮局举办了代销代购，今天走到一个乡下的邮局里可以买得到同仁堂的药，你在乡下想要买一点北京的什么东西，把钱交给邮局，隔不了几天，邮局就能给你捎了去！……这是从前那些铁士兰、巴立地、斯密司们想都不会往这上头想的。

“中国人民站起来了”，邮局的全体的工作同志是完全了解这句话的意义的。他们对于这句话的体会比一般人还要深刻、具体，他们从邮局的组织业务到他们自己身上，都看出现在跟过去根本的截然的分别，他们亲身参加了这种变革。现在不再有人叫投递员“信差”，不再有人叫邮勤员“听差”，不再有人把车站上装卸邮件的劳动人员，叫作“野鸡”了！（这是个多么岂有此理的称呼！）今天谁都可以大声说话了，谁都可以对邮局的任何一个工作提意见，而这些意见一定会被重视，会拿到全国邮政工作会议上去讨论的。今天，我们的邮政工作同志大部分都继承了五十多年邮政工作的丰富的经验，发挥了以前被压抑埋伏的群众的创造能力，并且学习了苏联邮政的先进的工作方法，（现在的平邮股的布置，那儿放一张桌子，那儿装一个架子，那儿留出过道，多是经过去年春天来的苏联专家提过意见的，这样布置以后，每个工作同志都感到工作起来非常的顺手，不知不觉中就提高了效率。）全心全意地在为人民服务；因此，你在邮局任何一个地方看得见一种新的气象；因此，无着股的复活率由百分之十二上升到百分之五十二；因此，林爱梅的邮件交到了林爱梅本人的手里，这就是全部的秘密！

你一定时常有机会经过邮政管理局，你在这座坚实巨大的石质建筑物下面走过不知多少次了。今天，还是那一个建筑，可是，在它的内部起了多大的变化！这个变化是跟我们的历史，跟每一个人的生活都息息相关的，而这个变化在一个小小的邮件上面就生动地说明出来了，这是一个多么简单又多么神奇的故事！

最后，关股长告诉我无着股工作的最高的理想。无着股不希望把死信复活率提高到百分之一百，因为那不可能；无着股不是想消极地复活死信，而是要积极消灭死信。苏联今天就几乎没有死信。——死信多，基本上是一种落后现象，解放后死信数目的锐减是一个很可喜的事，这反映了我们的各方面都有着进步，而这也证明了消灭死信是完全可能的。无着股希望没有人写死信，希望每一个人写信的时候都注意把受信人寄信人的地址都写清楚，无着股将尽一切力量使这个股本身消灭，希望把有用的人力用于其他的生产上去，希望邮局能够举办更多的“书报发行”“代销代售”这样的业务。

我是非常赞成关股长的理想的，同志，我想你也是赞成的！

注释

原载《北京文艺》一九五一年第二卷第一期。

名优之死

——纪念裘盛戎

裘盛戎真是京剧界的一代才人！

再有些天就是盛戎的十周年忌辰了。他要是活着，今年也才六十六岁。

我是很少去看演员的病的。盛戎病笃的时候，我和唐在炘、熊承旭到肿瘤医院去看他。他的学生方荣翔引我们到他的床前。盛戎因为烤电，一边的脸已经焦煳了，正在昏睡。荣翔轻轻地叫醒了他，他睁开了眼。荣翔指指我，问他："您还认识吗？"盛戎在枕上微点了点头，说了一个字："汪。"随即从眼角流出了一大滴眼泪。

盛戎的病原来以为是肺气肿，后来诊断为肺癌，最后转到了脑子里，终于不治了。

当中一度好转，曾经出院回家，且能走动。他的病他是有些知道的，但不相信就治不好，曾对我说：“有病咱们治病，甭管它是什么！”他是很乐观的。他还想演戏，想重排《杜鹃山》，曾为此请和他合作的在炘、承旭和我到他家吃了一次饭。那天他精神还好，也有说话的兴致，只是看起来很疲倦。他是能喝一点酒的，那天倒了半杯啤酒，喝了两口就放下了。菜也吃得很少，只挑了几根掐菜，放在嘴里慢慢地咀嚼。

然而他念念不忘《杜鹃山》。请我们吃饭的前一阵，他搬到东屋一个人住，床头随时放着一个《杜鹃山》剧本。

这次一见到我们，他想到和我们合作的计划实现不了了。那一大滴眼泪里有着多大的悲痛啊！

盛戎的身体一直不大好。他是喜欢体育运动的，年轻时也唱过武戏。他有时不免技痒，跃跃欲试。年轻的演员练功，他也随着翻了两个“虎跳”。到他们练“窜扑虎”时，他也走了一个“趋步”，但是最后只走了一个“空范儿”，自己摇摇头，笑了。我跟他说：“你的身体还不错。”他说：“外表还好，这里面——都娄了！”然而他到了台上，还是生龙活虎。我和他曾合作搞过一个小戏《雪花飘》（据浩然同名小说改编），他还是兴致勃勃地和我们一同去挤公共汽车，去走路，去电话局搞调查，去访问了一个七十岁的看公用电话的老人。他年纪不大，正是“好岁数”，他没有想到过什么时候会死。然而，这回他知道没有希望了。

听盛戎的亲属说，盛戎在有一点精力时，不停地琢磨《杜鹃山》，看剧本，有时看到深夜。他的床头灯的灯罩曾经烤着过两次。他病得已经昏迷了，还用手在枕边乱摸。他的夫人知道他在找剧本，剧本一时不在手边，就只好用报纸卷了一个筒子放在他手里。他攥着这一筒报纸，以为是剧本，脸上平静下来了。他一直惦着《杜鹃山》的第三场。能说话的时候，剧团有人去看他，他总是问第三场改得怎么样了。后来不能说话了，见人伸出三个指头，还是问第三场。直到最后，他还是伸着三个指头死的。

盛戎死于癌症，但致癌的原因是因为心情不舒畅，因为不让他演戏。他自己说："我是憋死的。"这个人，有戏演的时候，能琢磨戏里的事，表演，唱腔……就高高兴兴；没戏演的时候，就

遍青山啼红了杜鹃
曾祺丙子

整天一句话不说，老是一个人闷着。一个艺术家离开了艺术，是会死的。“十年动乱”，折损了多少人才！有的是身体上受了摧残，更多的是死于精神上的压抑。

《裘盛戎》剧本的最后有一场《告别》。盛戎自己病将不起，录了一段音，向观众告别。他唱道：

唱戏四十年，
知音满天下。
梦里高歌气犹酣，
醒来僵卧在床榻。
树已老，春又寒，
枯枝难再发。
不恨树老难再发，
但愿新树长新芽。
挥手告别情何限，
漫山开遍杜鹃花。

但愿盛戎的艺术和他的对于艺术的忠贞、执着和挚爱能够传下去。

一九八一年

看《小翠》，忆老薛

薛恩厚同志年轻时就和《聊斋》有不解缘。他的街坊有一个说评书的，说《聊斋》。此人并无师授，只是在家里看一遍，第二天就去说。老薛常听他说书，也看过他的《聊斋》原本。老薛参军后，曾得几本残缺的石印本《聊斋》，打在背包里，行军休息时便拿出来看。从事戏曲工作后，早有改写《聊斋》故事为戏的想法。他选中的题材，第一个便是《小翠》，第二个是《婴宁》。

老薛想写《小翠》并不只是为了使戏曲舞台上增添一个戏，他是想恢复、尝试、提倡一种戏曲的“样式”——玩笑戏。玩笑戏本是戏曲一枝花，但解放后很少演，新写的玩笑戏更是几乎没有。在满台都是正剧的时刻，老薛有此想法，更愿身体力行，这是需要一点勇气的。

这个戏的许多设想都是老薛提出来的，比如让小翠扮演淮南王，皇帝用丑扮，最后结束在辩诬闹朝，小翠成人之美以后，飘然而去（删去原著中小翠打坏花瓶受责，愤然出走等情节）。这些设想决定了这个戏现在的面目。

和老薛合作是非常愉快的。老薛的谦虚是真正的谦虚。我和老薛合作过几个戏。他是领导，但在写戏时他就是一个普通的创作人员。往往是他写初稿，用他的说法是“榜头遍”。别人修改时，容许人家放笔直干，任意驰骋。他在复看改稿时，有些地方要坚持，但态度却是心平气和，一同商量；并不居高临下，以势压人。这种平等待人的作风使人难忘。这说明他在艺术上的私有观念很淡薄。

《小翠》上演了，薛恩厚同志已经离开了我们，人琴之感，岂能或免。但是戏曲舞台上终于试演了一出新的玩笑戏，也许这可以告慰老薛的在天之灵罢。

注释

原载一九八二年四月四日《戏剧电影报》。

谭富英逸事

谭富英有时很“逗”，有意见不说，却用行动表示。他嫌谭小培给他的零花钱太少了，走到父亲跟前，摔了个硬抢背。谭小培明白，富英的意思是说：你给我的钱太少，我就摔你的儿子！五爷（谭小培行五，梨园行都称之为五爷）连忙说：“哎呀儿子！有话你说！有话说！别这样！”梨园行都说谭小培是个“有福之人”。谭鑫培活着时，他花老爷子的钱；老爷子死了，儿子富英唱红了，他把富英挣的钱全管起来，每月只给富英有数的零花。富英这一抢背，使他觉得对儿子克扣得太紧，是得给涨涨份儿。

有一年，在哈尔滨唱。第二天谭富英要

唱的是重头戏，心里有负担，早早就上了床，可老睡不着。同去的有裘盛戎，他第二天的戏是一出“歇工戏”。盛戎晚上弄了好些人在屋里吃涮羊肉，猜拳对酒，喊叫喧哗，闹到半夜。谭富英这个烦呀！他站到当院唱了一句倒板：“听谯楼打九更……”“打九更”？大伙一愣，盛戎明白，意思是都这会儿了，你们还这么吵嚷！忙说：“谭团长有意见了，咱们小点儿声，小点儿声！”

有一个演员，练功不使劲，谭富英看了摇头。这个演员说：“我老了，翻不动了！”谭富英说：“对！人生三十古来稀，你是老了！”

谭富英一辈子没少挣钱，但是生活清简。一天就是蜷在沙发里看书，看历史（据说他能把二十四史看下来，恐不可靠），看困了就打个盹，醒来接茬再看，一天不离开他那张沙发。他爱吃油炸的东西，炸油条、炸油饼、炸卷果，都欢喜（谭富英不说“喜欢”，而说“欢喜”）。爱吃鸡蛋，炒鸡蛋、煎荷包蛋、煮鸡蛋，都行。抗美援朝时，他到过朝鲜，部队首长问他们生活上有什么要求，他说想吃一碗蛋炒饭。那时朝鲜没有鸡蛋，部队派吉普车冒着炮火开到丹东，才弄到几个鸡蛋。为此，有人在“文革”中又提起这事。谭富英跟我小声说：“我哪儿知道几个鸡蛋要冒这样的危险呀！知道，我就不吃了！”谭富英有个“三不主义”：不娶小，不收徒，不做官。他的为人，梨园行都知道。他生性平和恬淡，宠辱不惊，那一阵可变得少言寡语，闷闷不乐，很久很久，都没有缓过来。

谭富英病重住院。他原有心脏病，这回大概还有其他病并发，已经报了“病危”，服药注射，都不见效。谭富英知道给他开的都是进口药，很贵，就对医生说：“这药留给别人用吧！我用不着了！”终于与世长辞，死得很安静。

赞曰：

生老病死，全无所谓。

抱恨终生，无端“劝退”。

注释

原载一九九七年三月五日《北京晚报》。

唐立厂[1]先生

唐立厂先生名兰，“立厂”是兰的反切。离名之反切为字，西南联大教授中有好几位。如王力——了一。这大概也是一时风气。

唐先生没有读过正式的大学，只在唐文治办的无锡国学馆读过，但因为他的文章为王国维、罗振玉所欣赏，一夜之间，名满京师。王国维称他为“青年文字学家”。王国维岂是随便“逢人说项”者乎？这样，他年轻轻地就在北京、辽宁（唐先生谓之奉天）等大学教了书。他在西南联大时已经是教授。他讲“说文解字”时，有

① “厂”读“庵”（an），不读工厂的厂。

几位已经很有名的教授都规规矩矩坐在教室里听。西南联大有这样一个好学风：你有学问，我就听你的课，不觉得这有什么丢人。唐先生对金文甲骨都有很深的研究，尤其是甲骨文。当时治甲骨文的学者号称有“四堂”：观堂（王国维）、雪堂（罗振玉）、彦堂（董作宾）、鼎堂（郭沫若），其实应该加上一厂（唐立厂）。难得的是他治学无门户之见。郭沫若研究古文，字是自学，无师承，有些右派学者看不起他，唐立厂独不然，他对郭沫若很推崇，在一篇文章中说过：“鼎堂导夫先路”，把郭置于诸家之前。他提起郭沫若总是读其本字“郭沬若”，沬音妹，不读泡沫的沫。唐先生是无锡人，说话用吴语，“郭”“若”都是入声，听起来有一种特殊的味道，让人觉得亲切。唐先生说诸家治古文字是手工业，一个字一个字地认，他是小机器工业。他认出一个“斤”字，于是凡带斤字偏旁的字便都迎刃而解，一认一大批。在当时认古文字数量最多的应推唐立厂。

唐先生兴趣甚广，于学无所不窥。有一年教词选的教授休假，他自告奋勇，开了词选课。他的教词选实在有点特别。他主要讲《花间集》，《花间集》以下不讲。其实他讲词并不讲，只是打起无锡腔，把这一首词高声吟唱一遍，然后加一句短到不能再短的评语。

> “双鬓隔香红啊，
> 玉钗头上风。”
> ——好！真好！

这首词就算讲完了。学生听懂了没有？听懂了！从他的做梦一样的声音神情中，体会到了温飞卿此词之美了。讲是不讲，不讲是讲。

唐先生脑袋稍大，一年只理两次发，头发很长，他又是个鬈发，从后面看像一只狻猊——就是卢沟桥上的石狮子，也即是耍狮子舞的那种狮子，不是非洲狮子。他有一阵住在大观楼附近的乡下。请了一个本地的女孩子照料生活，洗洗衣裳，做饭。唐先生爱吃干巴菌，女孩子常给他炒青辣椒干巴菌。有时请几个学生上家里吃饭，必有这一道菜。

唐先生有过一段 romance，他和照料他生活的女孩子有了感情，为她写了好些首词。他也并不讳言，反而抄出来请中文系的教授、讲师传看。都是“花间体”。据我们系主任罗常培（莘田）说：“写得很艳！”

唐先生说话无拘束，想到什么就说。有一次在办公室说起闻一多、罗膺中（庸），这是两个中文系上课最“叫座”的教授。闻先生教楚辞、唐诗、古代神话，罗先生讲杜诗。他们上课，教室里座无虚席，有一些工学院学生会从拓东路到大西门，穿过整个昆明城赶来听课。唐立厂当着系里很多教员、助教，大声评论他们二位：“闻一多集穿凿附会之大成，罗膺中集啰唆之大成！”他的无锡语音使他的评论更富力度。教员、助教互相看看，不赞一词。“处世无奇但率真”，唐立厂先生是一个胸无渣滓的率真的人。他的评论并无恶意，也绝无“打击别人抬高自己”的用心。他没有考虑到这句话传到闻先生、罗先生耳中会不会使他们生气。也没有无聊的人会搬弄是非，传小话。即使闻先生、罗先生听到，也不会生气的。西南联大就是这样一所大学，这样的一种学风：

宽容，坦荡，率真。

一九九七年三月十一日

注释

原载一九九七年九月十九日《南方周末》。

老董

为了写国子监，我到国子监去逛了一趟，不得要领。从首都图书馆抱了几十本书回来，看了几天，看得眼花气闷，而所得不多。后来，我去找一个“老”朋友聊了两个晚上，倒像是明白了不少事情。我这朋友世代在国子监当差，“侍候”过翁同龢、陆润庠、王垿等祭酒，给新科状元打过“状元及第”的旗，国子监生人，今年七十三岁，姓董。

——《国子监》

我写《国子监》大概是一九五四年，老董如果活着，已经一百一十岁了。

我认识老董是在午门历史博物馆，时间大概是一九四八年春末夏初。

老历史博物馆人事简单，馆长以下有两位大学毕业生，一位是学考古的，一位是学博物馆专业的；一位马先生管仓库，一位张先生是会计，一个小赵管采购，以上是职员。有八九个工人。工人大部分是陈列室的看守，看着正殿上的宝座、袁世凯祭孔时官员穿的道袍不像道袍的古怪服装、没有多大价值的文物。有一个工人是个聋子，专管扫地，扫五凤楼前的大石坪、甬道。聋子爱说话，但是他的话我听不懂，只知道他原先是银行职员，不知道怎样沦为工人了，再有就是老董和他的儿子德启。老董只管掸掸办公室的尘土，拔拔广坪石缝中的草。德启管送信，他每天把一堆信排好次序，"绺一绺道"，跨上自行车出天安门。

老董曾经"阔"过。

> 据朋友老董说，纳监的监生除了要向吏部交一笔钱，领取一张"护照"外，还需向国子监交钱领"监照"——就是大学毕业证书，照例一张监照，交银一两七钱。国子监旧例，积银二百八十两，算一个"字"，按"千字文"数，有一个字算一个字，平均每年约收入五百字上下。我算了算，每年国子监收入的监照银约有十四万两。……这十四万两银子照国家规定是不上缴的，由国子监官吏皂役按份摊分……据老董说，连他一个"字"也分五钱八分，一年也从这一项上收入

二百八九十两银子！

老董说，国子监还有许多定例。比如，像他，是典籍厅的刷印匠，管埋给学生“做卷”——印制作文用的红格本子。这事包给了他，每月领十三两银子。他父亲在时还会这宗手艺，到他时则根本没有学过，只是到大栅栏口买刀毛边纸，拿到琉璃厂找铺子去印，成本共花三两，剩下十两，是他的。所以，老董说，那年头，手里的钱花不清——烩鸭条才一吊四百钱一卖！

——《国子监》

据老董说，他儿子德启娶亲，搭棚办事，摆了三十桌——当然这样的酒席只是“肉上找”，没有海参鱼翅，而且是要收份子的，但总也得花不少钱。

他什么时候到历史博物馆来，怎么来的，我没有问过他。到我认识他时，他已经不是“手里的钱花不清”了，吃穿都很紧了。历史博物馆的职工中午大都是回家吃，有的带一顿饭来。带来的大都是棒子面窝头、贴饼子。只有小赵每天都带白面烙饼，用一块屉布包着，显得很“特殊化”。小赵原来打小鼓的出身，家里有点积蓄。

老董在馆里住，饭都是自己做。他的饭很简单，凑凑合合，小米饭。上顿没吃完，放一点水再煮煮。拨一点面疙瘩，他说这叫“鱼儿钻沙”。有时也煮一点大米饭。剩饭和面和在一起，擀一擀，烙成饼。这种米饭面饼，我还没见过别人做过。菜，一块熟疙瘩，或是一团干虾酱，咬一口熟疙瘩、干虾酱，吃几口饭。有时也做点熟菜，熬白菜。他说北京好，北京的熬白菜也比别处好吃，——五味神在北京。“五味神”是什么神？我至今没有考查出来。

他对这样凑凑合合的一日三餐似乎很“安然”，有时还颇能自我调侃，但是内心深处是个愤世者。生活的下降，他是不会满意的。他的不满，常常会发泄在儿子身上。有时为了一两句话，他忽然暴怒起来，跳到廊子上，跪下来对天叩头：“老天爷，你看见了？老天爷，你睁睁眼！”

每逢老董发作的时候，德启都是一声不言语，靠在椅子里，脸色铁青。

别的人，也都不言语。因为知道老董的感情很复杂，无从劝解。

老董没有嗜好。年轻时喝黄酒，但自我认识他起，他滴酒不沾。他也不抽烟。我写了《国子监》，得了一点稿费，因为有些材料是他提供的，我买了一个玛瑙鼻烟壶，烟壶的顶盖是珊瑚的，送给他。他很喜爱。我还送了他一小瓶鼻烟，但是没见他闻过。

一九六〇年（那正是“三年自然灾害”的后期）我到东堂子胡同历史博物馆宿舍去看我的老师沈从文，一进门，听到一个人在传达室里骂大街，一听，是老董！

“我操你们的祖宗！操你八辈的祖奶奶！我八十多岁了，叫我挨饿！操你们的祖宗，操你们的祖奶奶！”

没有人劝。骂让他骂去吧，一个八十多的老人了，谁也不能把他怎么样。

老董经过前清、民国、袁世凯、段祺瑞、北伐、日本、国民党、共产党，他经过的时代太多了。老董如果把他的经历写出来，将是一本非常精彩的回忆录（老董记性极好，哪年哪月，白面多少钱一袋，他都记得一清二楚），这可能是一份珍贵的史料——尽管是野史。可惜他没有写，也没有让人口述记录下来。

一九九三年三月二十日

注释

原载《追求》一九九二年第四期。

焦满堂

剧团造反派司令部通知我，要上我家检查“四旧”，叫我回家等着。

不多会，来了。三个人，他们是蹬了平板三轮来的（好装“四旧”）。蹬车的是焦满堂，另外两个造反派坐在车上。

他们各有分工。一个造反派检查我的书籍，一个造反派检查我的信件、日记。焦满堂说：“你有什么反动文章，都拿出来。”我捧出一摞文稿。他坐在藤椅里一页一页地审阅，十分认真。

焦满堂是舞台工作队的杂工，管搬运服装道具，装台，卸台。因为出身苦，又是“工人阶级”，所以是响当当的造反派。

我回到“牛棚”。“棚友”问我昨天的情况。我说：“还好，挺客气。焦满堂审阅了我的文稿。我还真有点紧张，怕他断章取义，找出什么反动的话来。”“棚友”说：“嗐！你紧张什么？——焦满堂根本不认识字！”

解放初期，剧团办了扫盲班。文化教员在黑板上写了“满”字，问焦满堂是什么字。焦满堂对“满”字相了半天面，说：“焦。”教员又写了一个“堂”字，焦满堂说：“满。”教员又写了一个“焦”字，焦满堂大声念道：“堂！”

那时扫盲，用的还是旧的识字课本：“人手足刀尺……”头天教完了，第二天复习，教员在黑板上写了一个“足”字，叫焦满堂读出来。焦满堂不会。旁边一个唱丑的演员把脚抬了抬，给他暗示。焦满堂读：“鞋。”教员摇摇头。唱丑的演员把鞋脱了，焦满堂瞄了一眼：“袜子。”教员又摇摇头。唱丑的演员干脆把袜子脱了，焦满堂又瞄了一眼，念道：“脚巴丫子！”教员说：“你真行，会把一个字念成四个字！”

焦满堂是个好人，“文革”期间，他没有打过人。只是脑子是一盆糨糊。有一天上班，他非常激动地对人说：“这个刘少奇真坏，他又改了名儿了！——改名叫刘邓陶了！”

“文化大革命”已经过了近二十年，焦满堂今亦垂垂老矣，他已经当了爷爷。

萧长华

萧先生八十多岁时身体还很好。腿脚利落，腰板不塌。他的长寿之道有三：饮食清淡，经常步行，问心无愧。

萧先生从不坐车。上哪儿去，都是地下走。早年在宫里“当差”，上颐和园去唱戏，也都是走着去，走着回来，从城里到颐和园，少说也有三十里。北京人说：走为百练之祖，是一点不错的。

萧老自奉甚薄。他到天津去演戏，自备伙食。一棵白菜，两刀切四爿，一顿吃四分之一。餐餐如此：窝头，熬白菜。他上女婿家去看女儿，问："今儿吃什么呀？"——"芝麻酱拌面，炸点花椒油。""芝麻酱拌面，还浇花椒油呀？！"

萧先生偶尔吃一顿好的：包饺子。他吃饺子还不蘸醋。四十个饺子，装在一个盘子里，浇一点醋，特喽特喽，就给"开"了。

萧先生不是不懂得吃。有人看见，在酒席上，清汤鱼翅上来了，他照样扁着筷子夹了一大块往嘴里送。

懂得吃而不吃，这是真的节俭。

萧先生一辈子挣的钱不少，都为别人花了。他买了几处"义地"，是专为死后没有葬身之所的穷苦的同行预备的。有唱戏的"苦哈哈"，死了老人，办不了事，到萧先生那儿，磕一个头报丧，萧先生问，"你估摸着，大概其得多少钱，才能把事办了哇？"一面就开箱子取钱。

三反、五反的时候，一个演员被打成了"老虎"，在台上挨斗，斗到热火燎辣的时候，萧先生在台下喊："××，你承认得了，这钱，我给你拿！"

赞曰：

窝头白菜，寡欲步行。
问心无愧，人间寿星。

姜妙香

姜先生真是温柔敦厚到了家了。

他的学生上他家去，他总是站起来，双手当胸捏着扇子，微微躬着身子："您来啦！"临走时，一定送出大门。

他从不生气。有一回陪梅兰芳唱《奇双会》，他的赵宠。穿好了靴子，总觉得不大得劲。“唔，今儿是怎样搞的，怎么总觉得一脚高一脚低的？我的腿有毛病啦？”伸出脚来看看，两只靴子的厚底一只厚二寸，一只二寸二。他的跟包叫申四。他把申四叫过来：“老四哎，咱们今儿的靴子拿错了吧？”你猜申四说什么？——“你凑合着穿吧！”

姜先生从不争戏。向来梅先生演《奇双会》，都是他的赵宠。偶尔俞振飞也陪梅先生唱，赵宠就是俞的。管事的说：“姜先生，您来个保童。”——“哎好好好。”有时叶盛兰也陪梅先生唱。“姜先生，您来个保童。”——“哎好好好。”

姜先生有一次遇见了劫道的，就是琉璃厂西边北柳巷那儿。那是敌伪的时候。姜先生拿了“戏份儿”回家。那会唱戏都是当天开份儿。戏打住了，管事的就把份儿分好了。姜先生这天赶了两“包”，华乐和长安。冬天，他坐在洋车里，前面挂着棉布帘。“站住！把身上的钱都拿出来！”——他也不知道里面是谁。姜先生不慌不忙地下了车，从左边口袋里掏出一沓（钞票），从右边又掏出了一沓。“这是我今儿的戏份儿。这是华乐的，这是长安的。都在这儿，一个不少。您点点。”

那位不知点了没有。想来大概是没有。

在上海也遇见过那么一回。“站住，把身浪厢值钿（钱）格物事（东西）才（都）拿出来！”此公把姜先生身上搜刮一空，扬长而去。姜先生在后面喊：

“回来，回来！我这还有一块表哪，您要不要？”

事后，熟人问姜先生：“您真是！他走都走了，您干吗还叫他回来？他把您什么都抄走了，您还问‘我这还有一块表哪，您要不要？’”

姜妙香答道：“他也不容易。”

姜先生有一次似乎是生气了。“文化大革命”，红卫兵上姜先生家去抄家，抄出一双尖头皮鞋，当场把鞋尖给他剁了。姜先生把这双剁了尖、张着大嘴的鞋放在一个显眼的地方。有人来的时候，就指指，摇头。

赞曰：

温柔敦厚，有何不好？
“文革”英雄，愧对此老。

贯盛吉

在京剧丑角里，贯盛吉的格调是比较高的。他的表演，自成一格，人称“贯派”。他念白很特别，每一句话都是高起低收，好像一个孩子在被逼着去做他不情愿做的事情时的嘟囔。他是个“冷面小丑”，北京人所谓“绷着脸逗”。他并不存心逗人乐。他的“哏”是淡淡的，不是北京人所谓“胳肢人”，上海人所谓“硬滑稽”。他的笑料，在使人哄然一笑之后，还能想想，还能回味。有人问他：“你怎么这么逗呀？”他说：“我没有逗呀，我说的都是实话。”“说实话”是丑角艺术的不二法门。说实话而使人笑，才是一个真正的丑角。喜剧的灵魂，是生活，是真实。

不但在台上，在生活里，贯盛吉也是那么逗。临死了，还逗。

他死的时候，才四十岁，太可惜了。

他死于心脏病，病了很长时间。

家里人知道他的病不治了，已经为他准备了后事，买了“装裹”——寿衣。他有一天叫家里人给他穿戴起来。都穿齐全了，说：“给我拿个镜子来。”

他照照镜子：“唔，就这德行呀！”

有一天，他让家里给他请一台和尚，在他的面前给他放一台焰口。他跟朋友说：“活着，听焰口，有谁这么干过没有？——没有。”

有一天，他很不好了，家里忙着，怕他今天过不去。他瓮声瓮气地说：“你们别忙。今儿我不走。今儿外面下雨，我没有伞。”

一个人能够病危的时候还能保持生气盎然的幽默感，能够拿死来“开逗”，真是不容易。这是一个真正的丑角，一生一世都是丑角。

赞曰：

> 拿死开逗，滑稽之雄。
> 虽东方朔，无此优容。

郝寿臣

郝老受聘为北京市戏校校长。就职的那天，对学生讲话。他拿着秘书替他写好的稿子，讲了一气。讲到要知道旧社会的苦，才知道新社会的甜。旧社会的梨园行，不养小，不养老。多少艺人，唱了一辈子戏，临了是倒卧街头，冻饿而死。说到这里，郝校长非常激动，一手高举讲稿，一手指着讲稿，说：

“同学们！他说得真对呀！”

这件事，大家都当笑话传。细想一下，这有什么可笑呢？本来嘛，讲稿是秘书捉刀，这是明摆着的事。自己戳穿，有什么丢人？倒是“他说得真对呀”，才真是本人说出的一句实话。这没有什么可笑。这正是前辈的不可及处：老老实实，不装门面。

许多大干部做大报告，在台上手舞足蹈，口若悬河，其实都应该学学郝老，在适当的时候，用手指指秘书所拟讲稿，说：

“同志们！他说得真对呀！”

赞曰：

人为立言，已不居功。
老老实实，古道可风。

注释

原载《文汇月刊》一九八一年第二期。

寄到永玉的展览会上

我和永玉不相见，已经不少日子了。究竟多少日子，我记不上来。永玉可能是记得的。永玉的记性真好！听说今年春夏间他在北京的时候，还在沈家说了许多我们从前在上海时的琐事，还向小龙小虎背诵过我在上海所写而没有在那里发表过的文章里的一些句子："麻大叔不姓麻，脸麻……"

我想来想去，这样的句子我好像是写过的，是一篇什么文章可一点想不起来了！因为永玉的特殊的精力充沛的神情和声调，他给这些句子灌注了本来没有的强烈的可笑的成分，小龙小虎后来还不时地忽然提起来，两个人大笑不止。在他们的大笑里，是也可以看出永玉的力量来的。

上海的事情我是不能像永玉那样的生动新鲜地记得了，得要静静地细细地想，才能叫一些细节活动起来。对于永玉的画和木刻，也不能一闭目而仿佛如见之。造型艺术是直接诉诸视觉的东西，不能凭“想”的。永玉上海时期的作品，大都给过我深刻的印象。如《边城》，如《跳傩》，如《鹅城》，如《生命的疲乏》……但是我是无法在纸上或是脑子里“复现”出来的。而且，士别三日，从永玉过去的作品中来拟想这回展览的盛况是完全不合适的。我听说，也相信，永玉已经有了极大的、质的进步了。

永玉后来的作品，我一共见过两次，一是漆印的《开工大吉》；一是在沈家看见的小龙和小虎□□[①]画像，是永玉在北京画了留下来的，现在还挂在沈家墙上，昨天我还在那里看了一会儿。

从小龙的，特别是小虎的像上也是可以看出这种极大的、质的进步来的。

虽然只是一个小小的五寸见方的、即兴画成的头像，可以看出来，第一，比以前更准确了。线画得更稳，更坚牢，更沉着了。如果说永玉从前有一些作品某些地方下笔的时候有着犹豫和冲动，有可商量的余地和年轻的悍然不顾一切的恣意，从这幅画里我看出在这两三年中不知多少次的折腾之后，永玉赢得了把握。永玉是一个更“职业的”画家了，他永远摆脱了过去面对一个创作的时候，有时未可尽免的焦灼之情了。用一句极普通的话来说，就是“老练”了。其次，在作风上，也必然的更凝练、内省，更深更厚了些。另外永玉在这幅画里也仍然保持一贯的抒情的调子：民间的和民族的，适当的装饰意味；和他所特有的爽亮、乐观、洁净的天真，一种童话式的快乐，一种不可损失的笑声，所有的这一切在他的精力充沛的笔墨

① 原稿文字漫漶处，均以□代替。——编者注

中融成一气，流泻而出，造成了不可及的生动的、新鲜的、强烈的效果。永玉的画永远是永玉的画，他的画永远不是纯“职业的”画。

这个展览必将是一个生动新鲜的、强烈的展览。

永玉是有丰富的生活的，他自己从小到大的经历都是我们无法梦见的故事，他的特殊的好“记性”，他的对于事物的多情的、过目不忘的感受，是他的不竭的创作的源泉。这两三年以来中国经历了历史上所未曾有过的翻天覆地的变革，又必然的会直接对他有所影响，直接地有所影响于他的思想方法和创作方法，直接地有所影响于他的画和木刻。我不知道永玉这次展览的作品都是以什么为主题的，但是相信哪怕是一幅风景或者静物，因为接受和表□上都有所改变，一定会显出新的、不同的内容和意义的。但是因为未经目睹，无从臆测，只能说说颇为“形式”的意见了。

永玉的画和木刻的方向似乎是将要向装饰和抒怀的成分相对减弱，或者更恰当地说是把它们变得更厚，而在原有的优点中更浓厚地发展了现实的和古典的因素，逐渐地接近了史诗的风格，更雄大、更深刻起来了。永玉的生活，永玉的爱憎分明的正义的良心都必然□使他的画带着原有的和特有的优点，作进一步的提高。他的作品的思想性会越来越强的。这是我的和永玉的许多朋友的希望。我们相信我们的希望一定将得到满足。

我希望永玉的展览获得成功，希望永玉能带着他的画和才能，回到祖国来，更多地更好地为这个时代、为人民服务。

十二月四日，北京

注释

原载一九五一年一月七日香港《大公报》。

铁凝印象

“我对给他人写印象记一直持谨慎态度，我以为真正理解一个人是困难的，通过一篇短文便对一个人下结论则更显得滑稽。”[1]铁凝说得很对。我接受了让我写写铁凝的任务，但是到快交卷的时候，想了想，我其实并不了解铁凝。也没有更多的时间温习一下一些印象的片段，考虑考虑。文章发排在即，只好匆匆忙忙把一枚没有结熟的“生疙瘩”送到读者面前，——张家口一带把不熟的瓜果叫作“生疙瘩”。

四次作代会期间，有一位较铁凝年长

① 《铁凝文集·5·写在卷首》。

的作家问铁凝："铁凝，你是姓铁吗？"她正儿八经地回答："是呀。"这是一点小狡狯。她不姓铁，姓屈，屈原的屈。我不知道她为什么不告诉那年纪稍长的作家实话。姓屈，很好嘛！她父亲作画署名"铁扬"，她们姊妹就跟着一起姓起铁来。铁凝有一个值得叫人羡慕的家庭，一个艺术的家庭。铁凝是在一个艺术的环境长大的。铁扬是个"不凡"的画家。——铁凝拿了我在石家庄写的大字对联给铁扬看，铁扬说了两个字："不凡。"我很喜欢这个高度概括、无可再简的评语，这两个字我可以回赠铁扬，也同样可以回赠给他的女儿。铁凝的母亲是教音乐的。铁扬夫妇是更叫人羡慕的，因他们生了铁凝这样的女儿。"生子当如孙仲谋"，生女当如屈铁凝。上帝对铁扬一家好像特别钟爱。且不说别的，铁凝每天要供应父亲一瓶啤酒。一瓶啤酒，能值几何？但是倒在啤酒杯里的是女儿的爱！

上帝在人的样本里挑了一个最好的，造成了铁凝。又聪明，又好看。四次作代会之后，作协组织了一场晚会，让有模有样的作家登台亮相。策划这场晚会的是疯疯癫癫的张辛欣和《人民文学》的一个胖胖乎乎的女编辑，——对不起，我忘了她叫什么。二位一致认为，一定得让铁凝出台。那位小胖子也是小疯子的编辑说："女作家里，我认为最漂亮的是铁凝！"我准备投她一票，但我没有表态，因为女作家选美，不干我这大老头什么事。

铁凝长得不高不矮，不胖不瘦，两腿修长，双足秀美，行步动作都很矫健轻快。假如要用最简练的语言形容铁凝的体态，只有两个最普通的字：挺拔。她面部线条清楚，不是圆乎乎地像一颗大香白杏儿。眉浓而稍直，眼亮而略狭长。不论什么时候都是精精神神，清清爽爽的，好像是刚刚洗了一个澡。我见过铁凝的一些照片。她的照片大致可分为两类。一类是露齿而笑的。不是“巧笑倩兮”那样自我欣赏也叫人欣赏的“巧笑”，而是坦率真诚、胸无渣滓的开怀一笑。一类是略带忧郁地沉思。大概这是同时写在她的眉宇间的性格的两个方面。她有时表现出有点像英格丽·褒曼的气质，天生的纯净和高雅。有一张放大的照片，梳着蓬松的鬈发（铁凝很少梳这样的发型），很像费雯·丽。我当面告诉铁凝，铁凝笑了，说：“又说我像费雯·丽，你把我越说越美了。”她没有表示反对。但是铁凝不是英格丽·褒曼，也不是费·雯丽，铁凝就是铁凝，人世间只有一个铁凝。

铁凝胆子很大。我没想到她爱玩枪，而且枪打得不错。她大概也敢骑马！她还会开汽车。在她挂职到涞水期间，有一次乘车回涞水，从驾驶员手里接过方向盘，呼呼就开起来。后排坐着两个干部，一个歪着脑袋睡着了，另一个推醒了他，说：“快醒醒！你知道谁在开车吗？——铁凝！”睡着了的干部两眼一睁，睡意全消。把性命交到这么个姑奶奶手上，那可太玄乎了！她什么都敢干。她写东西也是这样：什么都敢写。

铁凝爱说爱笑。她不是腼腆的，不是矜持渊默的，但也不是家雀一样叽叽喳喳，吵起来没个完。有一次我说了一个嘲笑河北人的有点粗俗的笑话：一个保定老乡到北京，坐电车，车门关得急，把他夹住了。老乡大叫：“夹住俺腚了！夹住俺腚了！”售票员问：“怎么啦！”——“夹住俺腚了！”售票员明白了，说：“北京这不叫腚。”——“叫什么？”——“叫屁股。”——“哦！”——“老大爷你买票吧。您到哪儿呀。”——“安屁股门！”铁凝大笑，她给续了一段：“车开了，车上人多，车门被挤

一九九二年，在河北，与铁凝（左）等作家在一起。

开了，老乡被挤下去了，——哦，自动的！”铁凝很有幽默感。这在女作家里是比较少见的。

关于铁凝的作品，我不想多谈，因为我只看过一部分，没有时间通读一遍。就印象言，铁凝的小说也可以大致分为两类。一类是像《哦，香雪》一样清新秀润的。“清新”二字被人用滥了，其实这是很不容易做到的。河北省作家当得起清新二字的，我看只有两个人，一是孙犁，一是铁凝。这一类作品抒情性强，笔下含蓄。另一类，则是社会性较强的，笔下比较老辣。像《玫瑰门》里的若干章节，如“生吃大黄猫”，下笔实可谓带着点残忍，惊心动魄。王蒙深为铁凝丢失了清新而惋惜，我见稍有不同。现实生活有时是梦，有时是严酷的、粗粝的。对粗粝的生活只能用粗粝的笔触写之。即便是女作家，也不能一辈子只是写“女郎诗”。我以为铁凝小说有时亦有男子气，这正是她在走向成熟的路上迈出的坚实的一步。

我很希望能和铁凝相处一段时间，仔仔细细读一遍她的全部作品，好好地写一写她，但是恐怕没有这样的机遇。而且一个人感觉到有人对她跟踪观察，便会不自然起来。那么到哪儿算哪儿吧。

一九九七年五月八日凌晨

注释

原载一九九七年六月十六日《北京晚报》。

一辈古人

靳德斋

天王寺是高邮八大寺之一。这寺里曾藏过一幅吴道子画的观音。这是可信的。清李必恒还曾赋长诗题咏，看诗意，此人是见过这幅画的。天王寺始建于宋淳熙年，明代为倭寇焚毁（我的家乡还闹过倭寇，以前我不知道），清初重建。这幅画想是宋代传下来的。据说有一个当地方官的要去看看，从此即不知下落，这不知是什么年间的事（一说是“文化大革命”中被毁于扬州）。反正，这幅画后来没有了。

天王寺在臭河边。“臭河边”是地名，自

北市口至越塘一带属于“后街”的地方都叫臭河边。有一条河，却不叫“臭河”，我到现在还没有考察出来应该叫什么河，这一带的居民则简单地称之曰“河”。天王寺濒河，山门（寺庙的山门都是朝南的）外即是河水。寺的殿宇高大，佛像也高大，但是多年没有修饰，显得暗旧。寺里僧众颇多，我们家凡做佛事，都是到天王寺去请和尚。但是寺里香火不盛，很幽静。我父亲曾于月夜到天王寺找和尚闲谈，在大殿前石坪上看到一条鸡冠蛇，他三步蹿上台阶，才没被咬着。鸡冠蛇即眼镜蛇，有剧毒，蛇不能上台阶，父亲才能逃脱，未被追上。寺庙中有蛇，本是常事，但也说明人迹稀少矣。

天王寺常常驻兵。我的小说《陈小手》里写的“天王庙”，即天王寺。驻在寺里的兵一般都很守规矩，并不骚扰百姓。我曾见一个兵半躺在探到水面上的歪脖柳树上吹箫，这是一个很独特的画境。

我是三天两头要到天王寺的，从我读的小学放学回家，倘不走正街（东大街），走后街，天王寺是必经的。我去看“烧房子”。我们那里有这样的风俗，给死去的亲人烧房子。房子是到纸扎店订制的，当然要比真房子小，但人可以走进去。有厅，有室，有花园，花园里有花，厅堂里有桌有椅，有自鸣钟，有水烟袋！烧房子在天王寺的旁门（天王寺有个旁门，朝西）边的空地上。和尚敲动法器，念一通经，然后由亲属举火烧掉（房子下面都铺了稻草，一点就着）。或者什么也没得看，就从旁门进去，“随喜”一番，看看佛像，在大的青石上躺一躺。大殿里凉飕飕的，夏天，躺在青石上，窨人。

天王寺附近住过一个传奇性的人物，叫靳德斋。这人是个练武的。江湖上流传两句话："打遍天下无敌手，谨防高邮靳德斋。"说是，有一个外地练武的，不服，远道来找靳德斋较量。靳德斋不在家，邻居说他打酱油醋去了。这人就在竺家巷（出竺家巷不远即是天王寺，我的继母和异母弟妹现在还住在竺家巷）一家茶馆里等他。有人指给他：这就是靳德斋。这人一看，靳德斋一手端着满满一碗酱油，一手端着满满一碗醋，快走如飞，但是碗里的酱油、醋却纹丝不动。这人当时就离开高邮，搭船走了。

靳德斋练的这叫什么功？两手各持酱油醋碗，行走如飞，酱油醋不动，这可能么？不过用这种办法来表现一个武师的功夫，却是很别致的，这比挥刀舞剑，口中"嗨嗨"地乱喊，更富于想象。

我小时走过天王寺，看看那一带的民居，总想：哪一处是靳德斋曾经住过的呢？

后于靳德斋，也在天王寺附近住过的，有韩小辫。这人是教过我祖父的拳术的。清代的读书人，除了读圣贤书之外，大都还要学两样东西，一是学佛，一是学武，这是一时风气。据我父亲说，祖父年轻时腿脚是很有功夫的。他有一次下乡"看青"（看青即看作物的长势），夜间遇到一个粪坑。我们那里乡下的粪坑，多在路侧，坑满，与地平，上结薄壳，夜间不辨其为坑为地。他左脚踏上，知是粪坑，右脚使劲一跃，即越过粪坑。想一想，于瞬息之间，转换身体的重心，尽力一跃，倘无功夫，是不行的。祖父是得到韩小辫的一点传授的。韩小辫的一家都是练功的，他的夫人能把一张板凳放倒，板凳的两条腿着地，两条腿翘着，她站在翘起的板凳脚上，作骑马蹲裆势，以一块方石置于膝上，用毛笔大书"天下太平"四字，然后推石一跃而下。这是很不容易的，何况她是小脚。夫人如此，韩小辫功夫可知。这是我父亲告诉我的，不知是他亲见，还是得诸传闻。我父亲年轻时学过武艺，想不妄语。

张仲陶

《故乡的食物》有一段：

> 我父亲有一个很怪的朋友，叫张仲陶。他很有学问，曾教我读过《项羽本纪》。他薄有田产，不治生业，整天在家研究易经，算卦。他算卦用蓍草。全城只有他一个人用蓍草算卦。据说他有几卦算得极灵。有一家，丢了一只金戒指，怀疑是女用人偷了。这女用人蒙了冤枉，来求张先生算一卦。张先生算了，说戒指没有丢，在你们家炒米坛盖子上。一找，果然。我小时候就不大相信，算卦怎么能算得这样准，怎么能算得出在炒米坛盖子上呢？不过他的这一卦说明了一件事，即我们那里炒米坛子是几乎家家都有的。

《故乡的食物》这几段主要是记炒米的，只是连带涉及张先生。我对张先生所知道的也大概只是这一些。但可补充一点材料。

我从张先生读《项羽本纪》，似在我小学毕业那年的暑假，算起来大概是虚岁十二岁即实足年龄十岁半的时候。我是怎么从张先生读这篇文章的呢？大概是我父亲在和朋友“吃早茶”（在茶馆里喝茶，吃干丝、点心）的时候，听见张先生谈到《史记》

如何如何好，《项羽本纪》写得怎样怎样生动，忽然灵机一动，就把我领到张先生家去了。我们县里那时睥睨一世的名士，除经书外，读集部书的较多，读子史者少。张先生耽于读史，是少有的。他教我的时候，我的面前放一本《史记》，他面前也有一本，但他并不怎么看，只是微闭着眼睛，朗朗地背诵一段，给我讲一段。很奇怪，除了一篇《项羽本纪》，我以后再也没有跟张先生学过什么。他大概早就不记得曾经有过一个叫汪曾祺的学生了。张先生如果活着，大概有一百岁了，我都七十一了嘛！他不会活到这时候的。

张先生原来身体就不好，很瘦，黑黑的，背微驼，除了朗读《史记》时外，他的语声是低哑的。

他的夫人是一个微胖的强壮的妇人，看起来很能干，张家的那点薄薄的田产，都是由她经管的。张仲陶诸事不问，而且还抽一点鸦片烟，其受夫人辖制，是很自然的。一个十多岁的孩子也感觉得出来，张先生有些惧内。

张先生请我父亲刻过一块图章。这块图章很好，鱼脑冻，只是很小，高约四分，长方形。我父亲给他刻了两个字，阳文：中匋。刻得很好。这两个字很好安排。他后来还请我父亲刻了两方寿山石的图章，一刻阳文，一刻阴文，文曰："珠湖野人""天涯浪迹"。原来有人撺掇他出去闯闯，以卜卦为生，图章是准备印在卦象释解上的。事情未果，他并未出门浪迹，还是在家里糗（qiǔ）着。

最近几年，易经忽然在全世界走俏，研究的人日多，角度多不相同，有从哲学角度的，有从史学角度的，有从社会学角度的，有从数学角度的。我于易经一无所知，但我觉得这主要还是一部占卜之书。我对张仲陶算的戒指在炒米坛盖子上那一卦表示怀疑，是觉得这是迷信。现在想想，也许他是有道理的。如果他把一生精研易学的心得写出来，包括他的那些卦例，会是一本很有意思的书。但是，写书，张仲陶大概想也没有想过。小说《岁寒三友》中季匋民在看了靳彝甫的祖父、父亲的画稿后，拍着画案说："吾乡固多才俊之士，而皆困居于蓬牖之中，声名不出于里巷，悲哉！悲哉！"张仲陶不也是这样的人么？

薛大娘

薛大娘家在臭河边的北岸，也就是臭河边的尽头，过此即为螺蛳坝，不属臭河边了。她家很好认，四边不挨人家，远远地就能看见。东边是一家米厂，整天听见碾米机烟筒砰砰的声音。西边是她们家的菜园。菜园西边是一条路，由东街抄近到北门进城的人多走这条路。路以西，也是一大片菜园，是别人家的。房是草顶碎砖的房，但是很宽敞，有堂屋，有卧室，有厢房。

薛大娘的丈夫是个裁缝，是个极其老实的人，整天不说一句话，只是在东厢房里带着两个徒弟低着头不停地缝。儿子种菜。所种似只青菜一种。我们每天上学、放学，都可以看见薛大娘的儿子用一个长柄的水舀子浇水、浇粪，水、粪扇面似的洒开，因为用水方便，下河即可担来，人也勤快，菜长得很好。相比之下，路西的菜园就显得有点荒秽不治。薛大娘卖菜。每天早起，儿子砍得满满两筐菜，在河里浸一会儿，薛大娘就挑起来上街，"鲜鱼水菜"，浸水，不止是为了上分量，也是为了鲜灵好看。我们那里的菜筐是扁圆的浅筐，但两筐菜也百十斤，薛大娘挑起来若无其事。

她把菜歇在保安堂药店的廊檐下，不到一个时辰，就卖完了。

薛大娘靠五十了。——她的儿子都那样大了嘛，但不显老。她身高腰直，处处显得很健康。她穿的虽然是粗蓝布衣裤，但总是十分干净利索。她上市卖菜，赤脚穿草鞋，鞋、脚，都很干净。她当然是不打扮的，但是头梳得很光，脸洗得清清爽爽，双眼有光，扶着扁担一站，有一股英气，“英气”这个词用之于一个卖菜妇女身上，似乎不怎么合适，但是除此之外，你再也找不出一个合适的字眼。

薛大娘除了卖菜，偶尔还干另外一种营生：拉皮条，就是《水浒传》所说的“马泊六”。东大街有一些年轻女用人，和薛大娘很熟，有的叫她干妈。这些女用人都是发育到了最好的时候，一个一个亚赛鲜桃。街前街后，有一些后生家，有的还没成亲，有的娶了老婆但老婆不在身边，油头粉面，在街上一走，看到这些女用人，馋猫似的，有时一个后生看中了一个女用人求到薛大娘，薛大娘说：“等我问问。”因为彼此都见过，眉语目成，大都是答应的。薛大娘先把男的弄到西厢房里，然后悄悄把女的引来，关了房门，让他们成其好事。

我们家一个女用人，就是由于薛大娘的撮合，和一个叫龚长霞的管田禾的——管田禾是为地主料理田亩收租事务的，欢会了几次，怀上了孩子。后来是由薛大娘弄了药来，才把私孩子打掉。

薛大娘没想到别人对她有什么议论。她认为：一个有心，一个有意，我在当中搭一把手，这有什么不好？

保安堂药店的管事姓蒲，行三，店里学徒的叫他蒲三爷，外人叫他蒲先生。这药店有一个规矩：每年给店中的“同事”（店员）轮流放一个月假，回去与老婆团圆（店中“同事”都是外地人），其余十一个月都住在店里，每年打十一个月的光棍，蒲三爷自然不能例外。他才四十岁出头，人很精明，也很清秀，很潇洒（潇洒用于一个管事的身上似乎也不大合适），薛大娘给他拉拢了一个女的，这个女的不是别人，是薛大娘自己。薛大娘很喜欢蒲三，看见他就眉开眼笑，谁都看得出来，她一点也不掩饰。薛大娘趴在蒲三耳朵上，直截了当地说：“下半天到我家来。我让你……”

薛大娘不怕人知道了，她觉得他干熬了十一个月，我让他快活快活，这有什么不对？

薛大娘的道德观念和大户人家的太太小姐完全不同。

注释

原载《北方文学》一九九一年第十二期。

张大千和毕加索

杨继仁同志写的《张大千传》是一本很有意思的书。如果能挤去一点水分，控制笔下的感情，使人相信所写的多是真实的，那就更好了。书分上下册。下册更能吸引人，因为写得更平实而紧凑。记张大千与毕加索见面的一章（《高峰会晤》）写得颇精彩，使人激动。

……毕加索抱出五册画来，每册有三四十幅。张大千打开画册，全是毕加索用毛笔水墨画的中国画，花鸟鱼虫，仿齐白石。张大千有点纳闷。毕加索笑了："这是我仿贵国齐白石先生的作品，请张先生指正。"

张大千恭维了一番，后来就有点不客气

了，侃侃而谈起来："毕加索先生所习的中国画，笔力沉劲而有拙趣，构图新颖，但是有一个很大的问题，就是不会使用中国的毛笔，墨色浓淡难分。"

毕加索用脚将椅子一勾，搬到张大千对面，坐下来专注地听。

"中国毛笔与西方画笔完全不同。它刚柔互济，含水量丰，曲折如意。善使用者'运墨而五色具'。墨之五色，乃焦、浓、重、淡、清。中国画，黑白一分，自现阴阳明暗；干湿皆备，就显苍翠秀润；浓淡明辨，凹凸远近，高低上下，历历皆入人眼。可见要画好中国画，首要者要运好笔，以笔为主导，发挥墨法的作用，才能如兼五彩。"

这一番运笔用墨的道理，对略懂一点国画的人，并没有什么新奇。然在毕加索，却是闻所未闻。沉默了一会儿，毕加索提出：

"张先生，请你写几个中国字看看，好吗？"

张大千提起桌上一支日本制的毛笔，蘸了碳素墨水，写了三个字："张大千"。

（张大千发现毕加索用的是劣质毛笔，后来他在巴西牧场从五千只牛耳朵里取了一公斤牛耳毛，送到日本，做成八支笔，送了毕加索两支。他回赠毕加索的画画的是两株墨竹，——毕加索送张大千的是一张西班牙牧神，两株墨竹一浓一淡，一远一近，目的就是在告诉毕加索中国画阴阳向背的道理。）

毕加索见了张大千的字，忽然激动起来：

"我最不懂的，你们中国人为什么跑到巴黎来学艺术！"

"……在这个世界谈艺术，第一是你们中国人有艺术；其次为日本，日本的艺术又源自你们中国；第三是非洲人有艺术。除此之外，白种人根本无艺术，不懂艺术！"

毕加索用手指指张大千写的字和那五本画册，说："中国画真神奇。齐先生画水中的鱼，没一点色，一根线画水，却使人看到了江河，嗅到水的清香。真是了不起的奇迹。……有些画看上去一无所有，却包含着一切。连中国的字，都是艺术。"这话说得很一般化，但这是毕加索说的，故值得注意。毕加索感伤地说："中国的兰花墨竹，是我永远不能画的。"这话说得很有自知之明。

"张先生，我感到，你是一个真正的艺术家。"

毕加索的话也许有点偏激，但不能说是毫无道理。

毕加索说的是艺术，但是搞文学的人是不是也可以想想他的话？

有些外国人说中国没有文学，只能说他们无知。有些中国人也跟着说，叫人该说他们什么好呢？

一九八六年十二月三日

注释

原载《北京文学》一九八七年第二期。

马·谭·张·裘·赵

——漫谈他们的演唱艺术

马（连良）、谭（富英）、张（君秋）、裘（盛戎）、赵（燕侠），是北京京剧团的“五大头牌”。我从一九六一年底参加北京京剧团工作，和他们有一些接触，但都没有很深的交往。我对京剧始终是个“外行”（京剧界把不是唱戏的都叫作“外行”）。看过他们一些戏，但是看看而已，没有做过任何研究。现在所写的，只能是一些片片段段的印象。有些是我所目击的，有些则得之于别人的闲谈，未经核实，未必可靠。好在这不入档案，姑妄言之耳。

描述一个演员的表演是几乎不可能的事。

马连良是个雅俗共赏的表演艺术家，很多人都爱看马连良的戏。但是马连良好在哪里，谁也说不清楚。一般都说马连良“潇洒”。马连良曾想写一篇文章：《谈潇洒》，不知写成了没有。我觉得这篇文章是很难写的。“潇洒”是什么？很难捉摸。《辞海》“潇洒”条，注云：“洒脱，不拘束”，庶几近之。马连良的“潇洒”，和他在台上极端的松弛是有关系的。马连良天赋条件很好：面形端正，眉目清朗，——眼睛不大，而善于表情；身材好，——高矮胖瘦合适，体格匀称。他的一双脚，照京剧演员的说法，“长得很顺溜”。京剧演员很注意脚。过去唱老生大都包脚，为的是穿上靴子好看。一双脚膪里咕叽，浑身都不会有精神。他腰腿幼功很好，年轻时唱过《连环套》，唱过《广泰庄》这类的武戏。脚底下干净，清楚。一出台，就给观众一个清爽漂亮的印象，照戏班里的说法：“有人缘儿。”

马连良在作角色准备时是很认真的。一招一式，反复琢磨。他的夫人常说他：“又附了体。”他曾排过一出小型现代戏《年年有余》（与张君秋合演），剧中的老汉是抽旱烟的。他弄了一根旱烟袋，整天在家里摆弄“找感觉”。到了排练场，把在家里琢磨好的身段步位走出来就是，导演不去再提意见，也提不出意见，因为他的设计都挑不出毛病。所以导演排他的戏很省劲。到了演出时，他更是一点负担都没有。《秦香莲》里秦香莲唱了一大段“琵琶词”，他扮的王延龄坐在上面听，没有什么“事”，本来是很难受的，然而马连良不“空”得慌，他一会儿捋捋髯口（马连良捋髯口很好看，捋“白满”时用食指和中指轻夹住一绺，缓缓捋到底），一会儿用眼瞟瞟陈世美，似乎他随时都在戏里，其实他在轻轻给张君秋拍着板！他还有个“毛病”，爱在台上跟同台演员小声地聊天。有一次和李多奎聊起来："二哥，今儿中午吃了什么？包饺子？什么馅儿的？"害得李多奎到该张嘴时忘了词。马连良演戏，可以说是既在戏里，又在戏外。

既在戏里，又在戏外，这是中国戏曲，尤其是京剧表演的一个特点。京剧演员随时要意识到自己的唱念做打，手眼身法步，没法长时间地"进入角色"。《空城计》表现诸葛亮履险退敌，但是只有在司马懿退兵之后，诸葛亮下了城楼，抹了一把汗，说道："好险呐！"观众才回想起诸葛亮刚才表面上很镇定，但是内心很紧张，如果要演员一直"进入角色"，又表演出镇定，又表演出紧张，那"我本是卧龙岗散淡的人"的"慢板"和"我正在城楼观山景"的"二六"怎么唱？

有人说中国戏曲注重形式美。有人说只注重形式美，意思是不重视内容。有人说某些演员的表演是"形式主义"，这就不大好听了。马连良就曾被某些戏曲评论家说成是"形式主义"。"形式美"也罢，"形式主义"也罢，然而马连良自是马连良，观众爱看，爱其"潇洒"。

马连良不是不演人物。他很注意人物的性格基调。我曾听他说过："先得弄准了他的'人性'：是绵软随和，还是干梗倔脏。"

马连良很注意表演的预示，在用一种手段（唱、念、做）想对观众传达一个重点内容时，先得使观众有预感，有准备，照他的说法是："先打闪，后打雷。"

马连良的台步很讲究，几乎一个人物一个步法。我看过他的《一捧雪》，"搜杯"一场，莫成三次企图藏杯外逃，都为严府家丁校尉所阻，没有一句词，只是三次上场、退下，三次都是"水底鱼"，三个"水底鱼"能走下三个满堂好。不但干净利索，自然应节（不为锣鼓点捆住），而且一次比一次遑急，脚底下表现出不同情绪。王延龄和老薛保走的都是“老步”，但是王延龄位高望重，生活优裕，老而不衰；老薛保则是穷忙一生，双腿僵硬了。马连良演《三娘教子》，双膝微弯，横跨着走。这样弯腿弯了一整出戏，是要功夫的！

马连良很知道扬长避短。他年轻时调门很高，能唱《龙虎斗》这样的正宫调唢呐二黄。中年后调门降了下来。他高音不好，多在中音区使腔。《赵氏孤儿》鞭打公孙杵臼一场，他不能像余叔岩一样“白虎大堂奉了命”，“白虎”直拔而上，就垫了一个字：“在白虎”，也能“讨俏”。

对编剧艺术，他主张不要多唱。他的一些戏，唱都不多。《甘露寺》只一段“劝千岁”,《群英会》主要只是“借风”一段二黄。《审头刺汤》除了两句散板，只有向戚继光唱的一段四平调;《胭脂宝褶》只有一段流水。在讨论新编剧本时他总是说：“这里不用唱，有几句白就行了。”他说：“不该唱而唱，比该唱而不唱，还要叫人难受。”我以为这是至理名言。现在新编的京剧大都唱得太多，而且每唱必长，作者笔下痛快，演员实在吃不消。

马连良在出台以前从来不在后台“吊”一段，他要喊两嗓子。他喊嗓子不像别人都是“啊——咿”，而是：“走咪！”我头一次听到直纳闷：走？走到哪儿去？

马连良知道观众来看戏，不只看他一个人，他要求全团演员都很讲究。他不惜高价，聘请最好的配角。对演员服装要求做到“三白”——白护领、白水袖、白靴底，连龙套都如此（在“私营班社”时，马剧团都发理发费，所有演员上场前必须理发）。他自己的服装都是按身材量制的，面料、绣活都得经他审定。有些盔头是他看了古画，自己琢磨出来的，如《赵氏孤儿》程婴的镂金的透空的员外巾。他很会配颜色。有一回赵燕侠要做服装，特地拉了他去选料子。现在有些剧装厂专给演员定制马派服装。马派服装的确比官中行头穿上要好看得多。

听谭富英听一个“痛快”。谭富英年轻时嗓音“没挡”，当时戏曲报刊都说他是“天赋佳喉”。而且，底气充足。一出《定军山》，“敌营打罢得胜的鼓哇呃”，一口气，高亮脆爽，游刃有余，不但剧场里“炸了窝”，连剧场外拉洋车的也一齐叫好，——他的声音一直传到场外。“三次开弓新月样”，“来来来带过爷的马能行”，也同样是满堂的彩，从来没有“漂”过。——一说京剧唱词不通，都得举出“马能行”，然而《定军山》的“马能行”没法改，因为这里有一个很漂亮的花腔，“行”字是“脑后摘音”，改了即无此效果。

谭富英什么都快。他走路快。晚年了，我和他一起走，还是赶不上他。台上动作快（动作较小）。《定军山》出场简直是握着刀横蹿出来的。开打也快。“鼻子”“削头”，都快。“四记头”亮相，末锣刚落，他已经抬脚下场了。他的唱，“尺寸”也比别人快。他特别长于唱快板。《战太平》“长街”一场的快板，《斩马谡》见王平的快板都似脱线珍珠一样溅跳而出。快，而字字清晰劲健，没有一个字是“嚼”了的。五十年代，“挖掘传统”那阵，我听过一次他久已不演的《朱砂痣》，赞银子一段，“好宝贝！”一句短白，碰板起唱，张嘴就来，真“脆”。

我曾问过一个经验丰富、给很多名角挎过刀，艺术上很有见解的唱二旦的任志秋：“谭富英有什么好？”志秋说：“他像个老生。”我只能承认这是一句很妙的回答，很有道理。唱老生的的确有很多人不像老生。

谭富英为人恬淡豁达。他出科就红，可以说是一帆风顺，但他不和别人争名位高低，不“吃戏醋”。他和裘盛戎合组太平京剧团时就常让盛戎唱大轴，他知道盛戎正是“好时候”，很多观众是来听裘盛戎的。盛戎大轴《姚期》，他就在前面来一出《桑园会》（与梁小鸾合演）。这是一出“歇工戏”，他也乐得省劲。马连良曾约他合演《战长沙》，他的黄忠，马的关羽。重点当然是关羽，黄忠是个配角，他同意了（这出戏筹备很久，我曾在后台见过制作得极精美的青龙偃月刀，不知因为什么未能排出，如果演出，那是会很好看的）。他曾在《秦香莲》里演过陈世美，在《赵氏孤儿》里演过赵盾。这本来都是“二路”演员的活。

富英有心脏病，到我参加北京京剧团后，就没怎么见他演出。但有时还到剧团来，和大家见见，聊聊。他没有架子，极可亲近。

他重病住院，用的药很贵重。到他病危时，拒绝再用，他说：“这种药留给别人用吧！”重人之生，轻己之死，如此高格，能有几人?

张君秋得天独厚，他的这条嗓子，一时无两：甜，圆，宽，润。他的发声极其科学，主要靠腹呼吸，所谓“丹田之气”。他不使劲地摩擦声带，因此声带不易磨损，耐久，“丁活”，长唱不哑。中国音乐学院有一位教师曾经专门研究张君秋的发声方法。——这恐怕是很难的，因为发声是身体全方位的运动。他的气很足。我曾在广和剧场后台就近看他吊嗓子，他唱的时候，颈部两边的肌肉都震得颤动，可见其共鸣量有多大。这样的发声真如浓茶酽酒，味道醇厚。一般旦角发声多薄，近听很亮，但是不能“打远”，“灌不满堂”。有别的旦角和他同台，一张嘴，就比下去了。

君秋在武汉收徒时曾说：“唱我这派，得能吃。”这不是开玩笑的话。君秋食量甚佳，胃口极好。唱戏的都是“饱吹饿唱”，君秋是吃饱了唱。演《玉堂春》，已经化好了妆，还来四十个饺子。前面崇公道高叫一声：“苏三走动啊！”他一抹嘴，“苦哇！”就上去了，“忽听得唤苏三……”在武汉，住璇宫饭店，每天晚上鳜鱼氽汤，二斤来重一条，一个人吃得干干净净。他和程砚秋一样，都爱吃炖肘子。

（唱旦角的比君秋还能吃的，大概只有一个程砚秋。他在上海，到南市的老上海饭馆吃饭，“青鱼托肺”——青鱼的内脏，这道菜非常油腻，他一次要两只。在老正兴吃大闸蟹，八只！搞声乐的要能吃，这大概有点道理。）

君秋没有坐过科，是小时在家里请教师学的戏，从小就有一条好嗓子，搭班就红（他是马连良发现的），因此不大注意“身上”。他对学生说：“你学我，学我的唱，别学我的‘老斗身子’。”他也不大注意表演，但也不尽然。他的台步不考究，简直无所谓台步，在台上走而已，“大步量”。但是着旗装，穿花盆底，那几步走，真是雍容华贵，仪态万方。我还没有见过一个旦角穿花盆底有他走得那样好看的。我曾仔细看过他的《玉堂春》，发现他还是很会“做戏”的。慢板、二六、流水，每一句的表情都非常细腻，眼神、手势，很有分寸，很美，又很含蓄（一般旦角演玉堂春都嫌轻浮，有的简直把一个沦落风尘但不失天真的少女演成一个荡妇）。跪禀既久，站起来，腿脚麻木了，微蹲着，轻揉两膝，实在是楚楚动人。花盆底脚步，是经过苦练练出来的;《玉堂春》我想一定经过名师指点，一点一点“抠”出来的。功夫不负苦心人。君秋是有表演才能的，只是没有发挥出来。

君秋最初宗梅，又受过程砚秋亲传（程很喜欢他，曾主动给他说过戏，好像是《六月雪》，确否，待查）。后来形成了张派。张派是从梅派发展出来的，这大家都知道。张派腔里有程的东西，也许不大为人注意。

君秋的嗓子有一个很大的特点，非常富于弹性，高低收放，运用自如，特别善于运用“擞”。《秦香莲》的二六，低起，到“我叫叫一声杀了人的天”拔到旦角能唱的最高音，那样高，还能用“擞”，婉转回环，美听之至。他又极会换气，常在“眼”上偷换，不露痕迹，因此张派腔听起来缠绵不断，不见棱角。中国画讲究“真气内行”，君秋得之。

我和裘盛戎只合作过两个戏，一个《杜鹃山》，一个小戏《雪花飘》，都是现代戏。

我和盛戎最初认识是和他（还有几个别的人）到天津去看戏，——好像就是《杜鹃山》。演员知道裘盛戎来看戏，都“铆上”了。散了戏，我们到后台给演员道辛苦，盛戎拙于言辞，但是他的态度是诚恳的、朴素的，他的谦虚是由衷的谦虚。他是真心实意地向人家学习来了。回到旅馆的路上，他买了几套煎饼馃子摊鸡蛋，有滋有味地吃起来。他咬着煎饼馃子的样子，表现了很喜悦的怀旧之情和一种天真的童心。盛戎睡得很晚，晚上他一个人盘腿坐在床上抽烟，一边好像想着什么事，有点出神，有点迷迷糊糊的。不知是为什么，我以后总觉得盛戎的许多唱腔、唱法、身段，就是在这么盘腿坐着的时候想出来的。

盛戎的身体早就不大好。他曾经跟我说过："老汪唉，你别看我外面还好，这里面，——都娄啦[①]！"搞《雪花飘》的时候，他那几天不舒服，但还是跟着我们一同去体验生活。《雪花飘》是根据浩然同志的小说改编的，写的是一个送公用电话的老人的事。我们去访问了政协礼堂附近的一位送电话的老人。这家只有老两口。老头子六十大几了，一脸的白胡茬，还骑着自行车到处送电话。他的老伴很得意地说："头两个月他还骑着二八的车哪，这最近才弄了一辆二六的！"盛戎在这间屋里坐了好大一会儿，还随着老头子送了一个电话。

《雪花飘》排得很快，一个星期左右，戏就出来了。幕一打开，盛戎唱了四句带点马派味儿的〔散板〕：

> 打罢了新春六十七哟，
> 看了五年电话机。
> 传呼一千八百日，
> 舒筋活血，强似下棋！

我和导演刘雪涛一听，都觉得"真是这里的事儿！"

《杜鹃山》搞过两次。一次是一九六四年，一次是一九六九年，一九六九年那次我们到湘鄂赣体验了较长期的生活。我和盛戎那时都是"控制使用"，他的心情自然不大好。那时强调军事化，大家穿了"价拨"的旧军大衣，背着行李，排着队。盛戎也

---

① 西瓜过熟，瓜瓤败烂，北京话叫作"娄了"。

一样，没有一点特殊。他总是默默地跟着队伍走，不大说话，但倒也不是整天愁眉苦脸的。我很能理解他的心情。虽然是“控制使用”，但还能“戴罪立功”，可以工作，可以演戏。我觉得从那时起，盛戎发生了一点变化，他变得深沉起来。盛戎平常也是个有说有笑的人，有时也爱逗个乐，但从那以后，我就很少见他有笑影了。他好像总是在想什么心事。用一句老戏词说：“满怀心腹事，尽在不言中。”他的这种神气，一直到他死，还深深地留在我的印象里。

那趟体验生活，是够苦的。南方的冬天比北方更难受。不生火，墙壁屋瓦都很单薄。那年的天气也特别，我们在安源过的春节，旧历大年三十，下大雪，同时却又打雷，下雹子，下大雨，一块儿来！盛戎晚上不再穷聊了，他早早就进了被窝。这老兄！他连毛窝都不脱，就这样连着毛窝睡了。但他还是坚持下来了，没有叫一句苦。

和盛戎合作，是非常愉快的。他很少对剧本提意见。他不是不当一回事，没有考虑过，或者提不出意见。盛戎文化不高，他读剧本是有点吃力的。但是他反复地读，盘着腿读。他读着，微微地摇着脑袋。他的日光有时从老花镜上面射出框外。他摇晃着脑袋，有时轻轻地发出一声：“唔。”有时甚至拍着大腿，大声喊叫：“唔！”

盛戎的领悟、理解能力非常之高。他从来不挑“辙口”，你写什么他唱什么。写《雪花飘》时，我跟他商量，这个戏准备让他唱“一七”，他沉吟着说：“哎呀，花脸唱闭口字……”我知道他这是“放傻”，就说：“你那《秦香莲》是什么辙？”他笑了：“‘一七’，好，唱，‘一七’！”盛戎十三道辙都响。有一出戏里有一个“灭”字，这是“乜斜”，“乜斜”是很不好唱的，他照样唱得很响，而且很好听。一个演员十三道辙都响，是很难得的。《杜鹃山》有一场“打长工”，他看到被他当作地主奴才的长工身上的累累伤痕，唱道：“他遍体伤痕都是豪绅罪证，我怎能在他的旧伤痕上再加新伤痕？”这是一段〔二六〕转〔流水〕，创腔的时候，我在旁边，说：“老兄，这两句你不能就这样‘数’了过去！唱到‘旧伤痕上’，得有个‘过程’，就像你当真看到，而且想到一样！”盛戎一听，说：“对！您听听，我再给您来来！”他唱到“旧伤痕上”时唱“散”了，下面加了一个弹拨乐器的单音重复的小“垫头”，“登、登、登……”，到“再加新伤痕”再归到原来的“尺寸”，而且唱得很强烈。当时参加创腔的唐在炘、熊承旭同志都说：“好极了！”一九六九年本的《杜鹃山》原来有一大段《烤番薯》，写雷刚被困在山上断了粮，杜小山给他送来两个番薯。他把番薯放在篝火堆里烤着，番薯煳了，烤出了香气，他拾起番薯，唱道：“手握番薯全身暖，勾起我多少往事在心间……”他想起“我从小父母双亡讨米要饭，多亏了街坊邻舍问暖嘘寒”，他想起“大革命，造了反，几次遇险在深山，每到有急和有难，都是乡亲接济咱。一块番薯掰两半，曾受深恩三十年！……到如今，山上来了毒蛇胆，杀人放火把父老摧残，我稳坐高山不去管，隔岸观火心怎安！……”（这剧本已经写了很多年，我手头无打印的剧本，词句全凭记忆追写，可能不尽准确。）创腔的同志对“一块番薯掰两半”不大理解，怕观众听不懂，盛戎说：“这有什么不好理解的？！‘一块番薯掰两半’，有他吃的就有我吃的！”他把这两句唱得非常感动人，头一句他“虚”着一点唱，在想象，“曾受深恩”，“深恩”用极其深沉浑厚的胸音唱出，“三十年”一泻无余，跌宕不已。盛戎的这两句唱到现在还是绕梁三日，使我一想起就激动。这一段在后台被称为“烤白薯”，板式用的是〔反二黄〕。花脸唱〔反二黄〕虽非创举，当时还是很少见。盛戎后来得了病，他并不怎么悲观。他大概已经怀疑或者已经知道是癌症了，跟我说：“甭管它是什么，有病咱们瞧病！”他还想唱戏。有一度他的病好了一些，他还是想和我们把《杜鹃山》再搞出来（《杜鹃山》后来又写了一稿）。他为了清静，一个人搬到厢房里住，好看剧本。他死后，我才听他家里人说，他夜里躺在床上看剧本，曾经两次把床头灯的罩子烤着了。他病得很沉重了，有一次还用手在床头到处摸，他的夫人知道他要剧本。剧本不在手边，他的夫人就用报纸卷了一个筒子放在他手里。他这才平静下来。

他病危时，我到医院去看他。他的学生方荣翔引我到他的病床前，轻轻地叫醒他：“先生，有人来看你。”盛戎半睁开眼，荣翔问他：“您还认得吗？”盛戎在枕上微微点了点头，说了一个字：“汪”，随即流下了一大滴眼泪。

赵燕侠的发声部位靠前，有点近于评剧的发声。她的嗓音的特点是：清，干净，明亮，脆生。这样的嗓子可以久唱不败。她演的全本《玉堂春》《白蛇传》都是一人顶到底。唱多少句都不在乎。田汉同志为她的《白蛇传·合钵》一场加写了一大段和孩子哭别的唱词，李慕良设计的汉调二黄，她从从容容就唱完了。《沙家浜》“人一走，茶就凉”的拖腔，十四板，毫不吃力。

赵燕侠的吐字是一绝。她唱戏，可以不打字幕，每个字都很清楚，观众听得明明白白。她的观众多，和这点很有关系。田汉同志曾说：赵燕侠字是字，腔是腔，先把字报出来，再使腔，这有一定道理。都说京剧是“按字行腔”，实际情况并非如此。一句大腔，只有头几个音和字的调值是相合或接近的，后面的就不再有什么关系。如果后面的腔还是字音的延长，就会不成腔调。先报字，后行腔，自易清楚。当然“报”字还是唱出来的，不是念出来的。完全念出来的也有。我听谭富英说过，孙菊仙唱《奇冤报》“务农为本颇有家财”，“务农为本”就完全是用北京话念出来的。这毕竟很少。赵燕侠是先把字唱正了，再运腔，不使腔把字盖了。京剧的吐字还有件很麻烦的事，就是同时存在两个音系：湖广音和北京音。两个音系随时打架。除了言菊朋纯用湖广音，其余演员都是湖广音、北京音并用。余叔岩钻研了一辈子京剧音韵，他的字音其实是乱的。马连良说他的字音是“怎么好听怎么来”，我看只能如此。赵燕侠的字音基本上是北京音，所以易为观众接受（也有一些字是湖广音，如《白蛇传》的那段汉调。这段唱腔的设计者李慕良是湖南人，难免把他的乡音带进唱腔）。赵燕侠年轻时爱听曲艺，她大概从曲艺里吸收了不少东西，咬字是其一。——北方的曲艺咬字是最清楚的。赵燕侠的吐字清楚，是大家都知道的，但是其中奥秘，还有待研究。

赵燕侠的戏是她的父亲“打”出来的，功底很扎实，腿功尤其好。《大英节烈》扳起朝天蹬，三起三落。“文化大革命”期间，我和她关在一个牛棚内。我们的“棚”在一座小楼上，只能放下一张长桌，几把凳子，我们只能紧挨着围桌而坐。坐在里面的人要出去，外面的就得站起让路。我坐在赵燕侠里面，要出去，说了声“劳驾”，请她让一让，这位赵老板没有站起来，腾的一下把一条腿抬过了头顶：“请！”前几年我遇到她，谈起这回事，问她：“您现在还能把腿抬得那样高么？”她笑笑说：“不行了！”我想再练练功，她许还行。

赵燕侠快六十了，还能唱，嗓子还那么好。

一九九〇年一月九日

注释

原载《文汇月刊》一九九〇年第二期。

听侯宝林同志说相声

一

侯宝林同志参加了赴朝慰问团，最近刚刚回国。前两大，他在一个晚会上说了一段相声，说的是《美国俘虏》。他一说“我特别到俘虏营去看了看”，台下就笑了；“因为那儿有我的材料，我要拿回来，好编我的新相声”，台下笑得更高兴，更满意了。因为他这么做正是大家希望着，期待着的。大家都相信他一定会这么做，他果然这么做了。

他说得最精彩的是这一段[①]：

① 是凭记忆写出的，当然不能完全忠实；捧哏的话都没有录出。

“我问一个俘虏：‘你在国内是干什么的啊？’翻译翻给他听；他说是‘工人’。‘做什么工啊？’——‘是箍桶的。’‘你在国内一月挣多少钱啊？’——‘一百五十块美金。’‘你在这儿呢，在军队里，一月挣多少钱呢？’‘也是一百五十块美金。’我一想，‘那你干什么要来，你是爱打仗玩啦？’他说：‘不是的。在美国，一月挣一百五，刨去房钱，连半个月饭也吃不上。在这儿，有人管饭，管衣服，还不用发愁房钱——每月净落一百五十块钱。’‘那你不怕危险？’‘没出国的时候我就弄了张投降证，早就都填好了。’我那么一想：‘合着你们不是来打仗，是来做买卖来了，你们这是“企业化部队”’？”

“企业化部队”，太妙了！

“企业化部队”，多么尖利的讽刺，多么恰当、深刻的讽刺啊！

这样的讽刺从哪里来的，这不是坐在家里“制造”得出来的。侯宝林同志不管多么聪明，如果不是参加了慰问团，不是到了一趟朝鲜战场，没有跟志愿军战士们在一起，没有亲眼看到美国的军队在朝鲜制造的灾害，没有见到他们被俘之后的可耻的样子，没有对于他们的深刻的恨和深刻的轻鄙，他不能给他们下出这样的总结。

台下忍不住哄堂大笑了，虽然只有五个字，而且说得轻轻巧巧，毫不夸张，非常含蓄。

这是相声中的“上乘”。相声是完全可以不用庸俗的内容和形式取得效果的。相声是完全可以作为宣传武器的。相声是完全可以跟政治结合起来的。相声一定要有思想性，深刻的思想性。

二

侯宝林同志这回不只是来说一段相声，他同时宣传了捐献飞机坦克、支援志愿军战士。他说得很好，他脸上有以前在台上不大看到的激动，从心里出来的激动，我们看见侯宝林身上有了一种新的东西，新的感情。最后，他说："咱们北京在毛主席跟前，北京，件件事要走在全国的前头。"

这句话要用流行的语言"翻译"过来，应当是：

"北京是在毛主席直接领导之下的，北京应当在每一个工作上，在全国范围内起带头作用和模范作用。"

两相比较，哪一个语言更生动，更亲切，更容易为群众所接受呢？

"通俗化"当然不只是形式的问题。"通俗化"要用政治热情来做。听听相声，会了解为什么要"通俗化"的一部分的道理。——相声是一种语言的艺术。

注释

原载一九五一年六月九日《北京新民报日刊》。

祈难老

太原晋祠，从悬瓮山流出一股泉水，是为晋水之源。泉名“难老泉”。泉流出一段，泉上建亭，亭中有一块竖匾，题曰“永锡难老”，傅青主书，字写得极好。“难老”之名甚佳。不说“不老”，而说“难老”。难老不是说老得很难。没有人快老了，觉得老得太慢了：啊呀，怎么那么难呀，快一点老吧。这里所谓难老，是希望老得缓慢一点。从容一点，不是“焉得不速老”的速老，不是“人命危浅，朝不虑夕”那样的衰老。

要想难老，首先要旷达一点，不要太把老当一回事。说白了，就是不要太怕死。老是想着我老了，没有几年活头了，有一点头疼脑热，就很紧张，思想负担很重，这样即使是多活几年，也没有多大意思。老死是自然规律，谁也逃不脱的。唐宪宗时的宰相裴度云："鸡猪鱼蒜，逢着则吃；生老病死，时至则行"，这样的态度很可取法。

其次是对名利得失看得淡一些。孔夫子说："及其老也，戒之在得。"得，无非一是名，二是利。现在有些作家"下海"，我觉得这未可厚非，但这是中青年的事，老了，就不必"染一水"了。多几个钱，花起来散漫一点，也不错。但是我对进口家具、真皮沙发、纯毛地毯，实在兴趣不大——如果有人送我，我也不会拒绝。我对名牌服装爱好者不能理解。穿在身上并不特别舒服，也并不多么好看，这无非是显出一种派头，有"份"。何必呢。中国作家还不到做一个"雅皮士"的时候吧。至于吃食，我并不主张"一箪食，一瓢饮"，但是我不喜欢豪华宴会。吃一碗烩鲍鱼、黄焖鱼翅，我觉得不如来一盘爆肚，喝二两汾酒。而且我觉得钱多了，对写作没有好处，就好比吃饱了的鹰就不想拿兔子了。名，是大多数作者想要的。三代以下未有不好名者。但是我以为人不可没有名，也不可太有名。六十岁时，我被人称为作家，还不习惯。进七十岁，就又升了一级，被称为老作家、著名作家，说实在的，我并不舒服。盛名之下，其实难副，这成了一种负担。我一共才写了那么几本书，摞在一起，也没有多大分量。有些关于我的评论、印象记、访谈录之类，我也看看。言谈微中，也有知己之感。但是太多了，把我弄成热点，而且很多话说得过了头，我很不安。十多年前我在一次座谈会上说过，希望我就是悄悄地写写，你们就是悄悄地看看，是真话。这样我还能多活几年。

要难老，更重要的是要工作。饱食终日，无所事事，是最难受的。我见过一些老同志，离退休以后，什么也不干，很快就显老了，精神状态老了。要找点事做，比如搞搞翻译、校点校点古籍……作为一个作家，要不停地写。笔这个东西，放不得。一放下，就再也拿不起来了。写长篇小说，我现在怕是力不从心了。曾有写一个历史题材的长篇的打算，看来只好放弃。我不能进行长时期的持续的思索，尤其不能长时期地投入、激动。短篇小说近年也写得少，去年一年只写了三篇。写得比较多的是散文。散文题材广泛，写起来也比较省力，近二年报刊约稿要散文的也多，去年竟编了三本散文集，是我没有料到的。

散文中相当一部分是为人写的序。顾炎武说过："人之患在好为人序"，予岂好为人序哉，予不得已也。人家找上门来了，不好意思拒绝。写序是很费时间的，要看作品，要想出几句比较中肯的话。但是我觉得上了年纪的作家为青年作家写序是一种不可推卸的责任，所以我还愿意写。但是我要借此机会提出一点要求：一、作者要自揣作品有一定水平，值得要老头儿给你卖卖块儿。二、让我看的作品只能挑出几篇，不要把全部作品都寄来，我篇篇都看，实在吃不消。三、寄来作品请自留底稿，不要把原稿寄来。我这人很"拉糊"，会把原稿搞丢了的。四、期限不要逼得太紧，不要全书已经发排，就等我这篇序。

我几乎每天都要写一点，我的老伴劝我休息休息。我说这就是休息。在不拿笔的时候，我也稍事休息。我的休息一是泡一杯茶在沙发上坐坐，二是看一点杂书。这也是为了写作。坐，并不是"一段呆木头"似的坐着，脑子里会飘飘忽忽地想一些往事。人老了，对近事善忘，有时有人打电话给我，说了一件事，当时似乎记住了，转脸就忘了。但对多少年前的旧事却记得很真切。这是老人“十悖”之一。我把这些往事记下来，就是一篇散文。我将为深圳海天出版社编一本新的散文集，取名就叫《独坐小品》。看杂书，也是为了找一点写作的材料。我看的杂书大都是已经看过的，但是再看看，往往有新的发现。比如，几本笔记里都记过应声虫，最近看了一本诗话，才知道得应声虫病是会要人的命的，而且这种病还会传染！这使我对应声虫有了一层新的认识。

今年正月十五，是我的七十二岁的生日，写了一副小对联，聊当自寿：

往事回思如细雨
旧书重读似春湖

癸酉年元宵节晚六时
七十三年前这会儿我正在出生

注释

原载《火花》一九九三年第四期。

一个过时小说家的笔记

——曾明了小说集《风暴眼》代序

说实在话，我很怕给人写序。每一次写序，对我说起来，都是一次冒险。我能够多少说出几句比较中肯的话么？

曾明了（她也常用曾英的署名发表作品）在鲁迅文学院研究生组听过我的课，算是我的学生。前两年她就说，请我给她的小说集写一篇序。我不能不答应。但是有些为难。我没有看过她一篇小说。写序，要对作者负责，对读者负责，当然，也对我自己负责。因此，我感到一种压力。这篇序值不值得一写？曾明了身体不太好，总像有点精神不足的样子。她很谦抑，在人多的场合话很少，不像有些女作家才华闪烁，语惊四座。我想，她的小说会是什么样子的呢？她到我家里来过几次，我发现她很有语言才能，很有幽默感，时有妙语（我的小孙女都记得她说过的笑话，并且到处转述给别人听）。当然，我觉得值得为她写一篇序，是在读了她的小说以后。

但是我不是评论家，说不出成本大套的道理，我只能作一点笔记，想到什么说什么。这样我就可以轻松一点，减轻所承负的压力。

我很喜欢《月丫儿》。

月丫儿有一颗金子样的心。浑金璞玉。她是“山里人”，却一脚跳进了文明世界，跳进知识分子生活的圈子。她干了一些“可笑”的事。“我”看《一千零一夜》看得像中了邪，月丫儿像巫婆一样阴阳怪气地呼叫起来：“天灵灵，地灵灵，妖魔鬼怪全滚开！”大吼一声将菜刀猛力砍在书桌上！她用鲜牛粪给姐姐敷在脸上治腮腺炎。小妹生病，昏睡了三天三夜，她给她去喊魂：“小妹回来哟……小妹回来哟……”她没有知识，可是很爱知识，对知识分子充满敬意，充满非常真挚的深情。她赶上“文化大革命”，可是在这个扭曲人性的大旋涡中站得笔直。爸爸被关进了牛棚，身体垮得一塌糊涂，“我”和月丫儿去给爸爸送鸡汤，月丫儿和看守对骂，骂着骂着就打起来了。看守的男人照着月丫儿鼓鼓的胸脯打，月丫儿往后一退，拍打着自己的胸脯说：“老实告诉你，咱这儿可是咱贫下中农的爹妈给的，你照这儿打，打孬了山里人不拿砍猪的刀割下你的鸡巴才怪！”三个姑姑带领一家人来抄了爸爸的家。月丫儿劝爸爸：“财是身外物，没有还轻松。千好万好老师的书还在。”苗伯伯是个好作家，他答应过写写月丫儿。苗伯伯“因为一个字”上了吊，月丫儿说了好几遍："他答应写俺的，答应过的，还没有写俺呢，他就没了……"月丫儿就哭得眼睛不是眼睛嘴不是嘴了。多好的月丫儿呀！

月丫儿有一个自己找的情人山崽，两个人非常要好，但是月丫儿的娘生了重病，用了一个男人的钱，月丫儿的爹就把月丫儿给了那个男人。

月丫儿被男人拉走了。

半个月之后，山崽来了，抱着头大哭，哭回了气，说："老师，月丫儿没了，月丫儿跳岩了……"

月丫儿！

《蓝房子寡妇的恋人》在性质上和《月丫儿》相近，都是写的非常善良、非常真挚、非常美好的人。

这是一个有点奇特的故事。"蓝房子寡妇是个南方城市里来的知妹"——女知青，秀气，苗条，她的恋人却是个西北的农民，赶大车的，五大三粗，没有文化，而且是个哑巴，哑巴为了保护女知青，被捆绑、棒打，几死者数。他在酷寒中守护着女知青的小屋，冻得嘴唇上裂着四五道血口子。他们的爱是难于理解的，然而是美丽的。"她那腼腆而又大胆的神情，使他的心战栗了一下，恐怕谁也无法解释他们之间发生了什么，只有他们自己明白，甚至不是明白，而只是感觉。"

他们经历过了艰难曲折的道路，终于重逢。"胡大呀，仁慈的胡大，将生离死别降临给他们，又将相逢的悲喜赐给他们。"

月丫儿，哑巴大川，他们是河，是树，是雨。有了他们，世界才像个世界。人才值得活一回。

但是世界上坏人很多。《蓝房子寡妇的恋人》里的马富是坏人。杨主任是坏人。《遥远的故事》里可以乱杀知识分子的“丈夫”是坏人。尤其坏的是《小竹》里的丈夫，温文尔雅，眉清目秀，但是是一个坏透了的伪君子，惯用软刀子杀人，手段狠毒，他可以不动声色地整人，不显山不露水地把一个喜欢小竹的青年一再调动，调到无法生活的边远地区去。这样的人会不断地得到提升。这种人的名字叫作“干部”。小竹是悲哀的，因为有这样的丈夫。

曾明了当过知青，她的小说有好几篇是写知青的。把整整一代天真、纯洁、轻信、狂热的年轻学生（“老三届”）流放到“广阔的天地”里去，这片天地广阔，但是贫穷，寒冷、饥饿。尤其可怕的是这片天地里有狼。把青年女学生交给某些基层干部，不啻把羔羊捆起来往狼嘴里送。

我们对知青，尤其是女知青，是欠了一笔债的。

明了计划写一个中篇《青竹湾》，是写知青的。她跟我谈过这篇小说的梗概，我认为她的构思已经成熟，不知为什么到现在还没有写出来。如果写出来，将是一声裂人心魄的悲恸的控诉。

《风暴眼》无疑是一篇力作。

这是一篇奇特的小说。

这是一片神秘的，保留着半原始状态的，苍茫、荒凉、无情的土地，一个被胡大遗忘在戈壁滩上的孤村。

这里有很少的人，很多的狼。人狼杂处。

狼会做礼拜：

> ……
>
> 就在这里，琎婆从戈壁滩那望尽望不尽之处，看见

一群狼从古道尽头飘逸而出，皓月之下狼目如磷火一般闪闪烁烁，在空旷的荒漠上如幽灵一般缓缓游弋。

琎婆就虚晃了身子，呆呆望着。

狼群到了黄土梁便驻步停落，如人一般蹲坐，面对那轮亘古不变之月，默立久久。

此时，月正中天，清辉满盈盈照了黄土梁，狼的身子从荒漠中离析出来，于戈壁映出尊尊黑影如画一般冥静。

突然，一声苍老、凄怆的狼嗥从黄土梁上啸啸传出，在空寂的戈壁滩上跌宕起伏。悲怆的嗥叫慢慢变成哀伤的低哭！哭声如泣如诉，凄婉悱恻，在茫茫天地间萦行飘绕。接着群狼应着低低的哭泣齐声嗥叫：

"噢呜——噢呜——噢呜——呜——呜——呜——啊——啊——啊！"嗥声如风暴一般席卷着荒漠深远的沉默。

群狼嗥叫声由疯狂渐渐转为凄惶的哀嚎，如绵绵不息的痛苦呻吟，盘旋在荒漠的上空，久久不息。

……

琎婆听着听着，就惊了脸，尖锐地叫道："狼在哭啊……"

……

狼的哭嚎传入村里，村人听了，纷纷出屋，面露凄惶之色，看一地的月光亮得惊人。于是村里人说："狼做礼拜呐！"

戈壁滩上刮了十天十夜风暴，石村幸亏在"风暴眼"，石村得救了，但是，“石村村前村后的几眼水井一夜之间干枯竭底。公鸡从早到晚不停地打鸣，直至啼血而死。村狗呼天抢地地吠，直吠得晕死过去。”

这真是个怪地方。

这怪地方有一个怪女人，琎婆，谁也说不清她有多大年龄。她有一种特殊的感觉。她说要下黄沙了，天就准下黄沙。她说某口井要变苦了，那口井的水就准变苦。她像一个幽灵，飘飘忽忽，随时出现。

贯穿整个小说的人物是尕。尕有一对大奶，晃晃荡荡，看得村人眼花缭乱。更准确地说，贯穿全篇小说的是尕的一对大奶。可以说，这对大奶是有象征意义的。

尕的生活既平常，也曲折，也惊险。

尕的丈夫木木到矿上做工，被砸死了。

尕遇到过长脚龙卷风，被刮上天，又落到地上。

木木的哥为了他们家不能断子，强迫尕在戈壁上脱光了。尕在月光下露出辉煌的大奶。

尕遇了狼，和狼搏斗，竟把狼掐死了，——她的两个拇指断在狼的喉咙里！她遍体是伤，流着血，遇到一个独臂男人，男人说是天意，扑到尕的身上。尕怀了孕。

《风暴眼》所写的性是赤裸的，非常物质的，非诗的。

《风暴眼》写的是什么？写的是人。人和自然的对抗，人的生存。一要生存，二要繁衍。这是本能，是原始的，半动物性，然而是神圣的。

《风暴眼》有一种杰克·伦敦式的粗犷，一种男性的力度。

我真想象不出那样一个纤弱的曾明了会写出这样一个小说。

曾明了的小说里除了主要人物，还有一些陪衬的人物。这些陪衬人物有的可以说是关键性的，有的是穿插性的。《月丫儿》的主要人物是月丫儿，苗伯伯是关键性人物，妈妈、“我”，尤其是姐姐，是穿插性的人物。《裸白的太阳》里的会计女人是穿插性人物。《风暴眼》的琎婆的重要性超过关键性和穿插性，可以说是背景性的人物。这样，明了的小说就不是“一人一事”，不单薄。这些关键性、穿插性的人物，造成主要人物生活的“典型环境”。安排这些人物，是要有匠心的。

明了的叙述语言有些是很“投入”的，有时遏制不住要把作者感情倾吐出来，比如：“胡大啊，仁慈的胡大，将生离死别的苦难降临给他们，又将相逢的悲喜赐给他们。”但是有时又对事件保持距离，保持冷淡！似乎无动于衷，不动声色，如《小竹》。但作者的爱憎不露自显。这样，明了的小说就既有水煮牛肉，也有开水白菜，浓淡不同，各有滋味。

明了的普通话说得不很标准，但是她的语感很好。她是四川人，小说的叙述语言有四川话，如“端端坐着”，“端端”是成都话。她在新疆待了很久，懂得西北方言（我想是宁夏话），如“天呐，狼诉甚呢？狼祈求甚呢？狼也知人间的苦么？”这样，曾明了的语言就很有特点。有些语言本身是很幽默的，如爸爸把姐姐“彻头彻尾地骂一顿”。我不赞成用一些很怪的语词或句子，如太阳“分娩”了出来。没有必要。

我不能谈到曾明了的全部小说。就这样，也够老头儿一呛。

为什么我这篇代序用了这样一个题目？我觉得，任何作家总要过时的。上了岁数的人应该甘于过时，把位置让给更年轻的人。我的小说观念大概还停留在契诃夫时代。我觉得更年轻的作家总是应该，而且一定会盖过我们的。我希望报纸杂志把注意力挪一挪，不要把镜头只对着老家伙。把灯光开足一点，照亮中青年作家。

一九九二年十二月八日

注释

原载《绿洲》一九九三年第五期。

贾平凹其人

贾平凹是当代中国作家里的奇才。他今年三十七岁，写了三十八本书。短篇、中篇、长篇都写。散文自成一格。间或也写诗。他的书摆在地下，可以超过他的膝盖。写得多的作家也有。有人长篇不过月，中篇不过周，短篇不过夜。写得多，而不滥，少。

平凹是商州人，对于中国古代文物古迹，尤其是秦汉时期的，有相当广博的知识，极高的鉴赏力，和少见的热情。平凹的书斋静虚村里就有好些坛坛罐罐，他朝夕和这些东西相对，摩挲拂拭，乐在其中。平凹是农家子，后来读了西北大学中国文学系，比较系统地泛览过中国古典文学。这样，他就不是一般意义上的“农民作家”。他读老子，读庄子，也读禅宗语录。他对三教九流、医卜星相都有兴趣，都懂一点。这些，他都是视为一种文化现象来理解，来探究的。他的《浮躁》写的是一条并不存在的州河两岸土著居民在开放改革的激变中的形形色色的文化心理的嬗递，没有停留在河上的乡镇企业、商业的隆替上。他把这种心理状态概括为“浮躁”，是具有时代特点的。这样，这本小说就和同类的写改革的小说取了不同的角度，也更为深刻了。

平凹的小说取名《浮躁》，他的书斋却叫作“静虚村”，这很有意思。“静虚”是老子思想。唯静与虚，冷冷淡淡，作者才能看清世态，洞悉人心。平凹确实是一个很平易淡泊的人。从我和他的接触中，他全无“作家气”。在稠人广众之中，他总是把自己缩小到最小限度。他很寡言，但在闲谈中极富机智，极富幽默感。作为“飞马奖”的评委，我觉得我们选了一本好书，也选了一个好人，我很高兴。

平凹的爱人小韩问平凹：你在创作上还有多少潜力？平凹说：我还刚刚才开始呢！他这样年轻，又有写不尽的、源源不竭的商州生活，这真是值得羡慕。但是我希望平凹重新开始时，写得轻松一点，缓慢一点，不要这样着急。从另一方面说，《浮躁》确实又写得还有些躁，尤其是后半部。人物心理，景物，都没有从容展开，忙于交代事件，有点草草收兵。作为象征的州河没有自始至终在小说里流动。

平凹将要改变“似乎严格的写实方法”，“去干一种自感受活的事”。我也觉得这种严格的写实方法对平凹是一种限制。我希望他以后的写作更为“受活”。首先，从容一点。

一九八八年十一月四日

注释

原载《瞭望周刊》一九八八年第五十期。

退役老兵不『退役』

马少波同志值得我们学习的第一点是坚守岗位。目前戏曲很不景气，北京京剧院的一流演员也只卖二百座。戏曲的创作人才水土流失得很厉害。大家都觉得干得没意思。写了戏没人演；演了，没人看，干个什么劲儿呢？很多人都改了行，或兼营副业。在戏曲创作队伍人心思散的时候，少波同志却一直坚持写戏曲剧本，今年还发表了两个本子。“我自岿然不动”，成为戏曲界的一块“泰山石敢当”。他是个已经退役的老兵，本来可以在家享清福，书画自娱，寄情山水，为什么还孜孜不倦地写剧本呢？这只能说明他对戏曲有一种始终不渝的忠贞，对戏曲一定还有前途的不可动摇的信念。少波同志的这种精神足以使贪夫廉，顽夫立，会对戏曲界产生很大影响的。

少波同志值得学习的第二点是老当益壮。从我认识他时，他差不多就是这样，没变样，不见老。我那时还是个小伙子，如今已是皤然一翁，他却依然风度翩翩，不减当年。少波同志是胶东才子。一般说来，才子一老了，就没有什么意思了。江郎才尽，写不出什么东西了。少波同志却不是这样，功力才华，与日俱增。这几年，他写了多少剧本！昆曲、京剧、越调、蒲剧……什么都写。读他的剧本，没有任何衰老之感，依然是才气纵横。为什么他能够保持新鲜活泼的艺术感觉和语言感觉？因为他始终不断地写。宝刀不老，是因为天天磨。古人说“仁者寿”，照我看应该是“劳者寿”。少波同志坚持精神劳动，他的创作生命会很长，希望他再写二三十年。

少波同志熟悉戏曲规律，熟悉舞台，他的剧本不是案头之作，演出常有很好的舞台效果；同时又具有很高的文学性，可读性。他的剧本能把政治性和抒情性很好地结合起来，即使是满台恸哭，也还是风流蕴藉。他并不故步自封，不断对自己有所突破，晚年作品多有新意。作为一个老剧作家，尤为难得。

少波同志值得学习的第三点是爱才若渴。他除了自己写作，还要给青年作者看很多稿子。我是很怕看别人的稿子的，尤其怕看剧本。看到一篇好稿子，那是很愉快的，但这样的时候不多。一般说来，这是一桩苦差事。少波同志却不以为苦，收到剧本，他都仔细地看，提意见，挂号退还。他认识很多演员，对他们多方勉励奖掖。《乐耕园诗词二百首》中，少波同志的诗有五十多首是题赠给演员，尤其是青年演员的。

我集了少波同志自己的诗，成一绝句，为少波同志寿：

红花岁岁炫颜色，
青史滔滔唱海桑，
信是明妍天下甲，
西厢双至咏西厢。

注释

原载《作家》一九八八年第七期。

沈从文转业之谜

沈先生忽然改了行。他的一生分成了两截。一九四九年以前，他是作家，写了四十几本小说和散文；一九四九年以后，他变成了一个文物研究专家，写了一些关于文物的书，其中最重大（真是又重又大）的一本是《中国古代服饰研究》。近十年，沈先生的文学作品重新引起注意，尤其是青年当中，形成了“沈从文热”。一些读了他的小说的年轻读者觉得非常奇怪：他为什么不再写了呢？国外有些研究中国现代文学的学者也为之大惑不解。我是知道一点内情的，但也说不出个究竟。在他改业之初，我曾经担心他能不能在文物研究上搞出一个名堂，因为从我和他的接触（比如讲课）中，我觉得他缺乏“科学头脑”。后来发现他“另有一功”，能把抒情气质和科学条理完美地结合起来，搞出了成绩，我松了一口气，觉得“这样也好”。我就不大去想他的转业的事了。沈先生去世后，沈虎雏整理沈先生遗留下来的稿件、信件。我因为刊物约稿，想起沈先生改行的事，要找虎雏谈谈。我爱人打电话给三姐（师母张兆和），三姐说：“叫曾祺来一趟，我有话跟他说。”我去了，虎雏拿出几封信。一封是给一个叫吉六的青年作家的退稿信（一封很重要的信），一封是沈先生在一九六一年二月二日写给我的很长的信（这封信真长，是在练习本撕下来的纸上写的，钢笔小字，两面写，共十二页，估计不下六千字，是在医院里写的；这封信，他从医院回家后用毛笔在竹纸上重写了一次寄给我，这是底稿；其时我正戴了右派分子帽子，下放张家口沙岭子劳动；沈先生寄给我的原信我一直保存，“文化大革命”中遗失了），还有一九四七年我由上海寄给沈先生的两封信。看了这几封信，我对沈先生转业的前因后果，逐渐形成一个比较清晰的轮廓。

从一个方面说，沈先生的改行，是“逼上梁山”，是他多年挨骂的结果，“左”“右”都骂他。沈先生在写给我的信上说：

> 我希望有些人不要骂我，不相信，还是要骂。根本连我写什么也不看，只图个痛快。于是骂倒了。真的倒了。但是究竟是谁的损失？

沈先生的挨骂，以前的，我不知道。我知道的，对他的大骂，大概有三次。

一次是抗日战争时期，约在一九四二年，从桂林发动，有几篇很锐利的文章，我记得有一篇是聂绀弩写的。聂绀弩我后来认识，是一个非常好的人。他后来也因黄永玉之介去看过沈先生，认为那全是一场误会。聂和沈先生成了很好的朋友，彼此毫无芥蒂。

第二次是一九四七年，沈先生写了两篇杂文，引来一场围攻。那时我在上海，到巴金先生家，李健吾先生在座。李健吾先生说，劝从文不要写这样的杂论，还是写他的小说。巴金先生很以为然。我给沈先生写的两封信，说的便是这样的意思。

第三次是从香港发动的。一九四八年三月，香港出了一本《大众文艺丛刊》，撰稿人为党内外的理论家。其中有一篇郭沫若写的《斥反动文艺》，文中说沈从文“一直是有意识地作为反动派而活动着”。这对沈先生是致命的一击。可以说，是郭沫若的这篇文章，把沈从文从一个作家骂成了一个文物研究者。事隔三十年，沈先生的《中国古代服饰研究》却由前科学院院长郭沫若写了序。人事变幻，云水悠悠，逝者如斯，谁能逆料？这也是历史。

已经有几篇文章披露了沈先生在一九四九年前后神经混乱的事（我本来是不愿意提及这件事的），但是在这以前，沈先生对形势的估计和对自己前途的设想是非常清醒、非常理智的。他在一九四八年十二月七日写给吉六君的信中说：

> 大局玄黄未定……一切终得变。从大处看发展，中国行将进入一个崭新时代，则无可怀疑。

基于这样的信念，才使沈先生在北平解放前下决心留下来。留下来不走的，还有朱光潜先生、杨振声先生。朱先生和沈先生同住在中老胡同，杨先生也常来串门。对于“玄黄未定”之际的行止，他们肯定是多次商量过的。他们决定不走，但是心境是惶然的。

一天，北京大学贴出了一期壁报，大字全文抄出了郭沫若的《斥反动文艺》。不知道这是地下党的授意，还是进步学生社团自己干的。在那样的时候，贴出这样的大字报，是什么意思呢？这不是“为渊驱鱼”，把本来应该争取、可以争取的高级知识分子一齐推出去么？这究竟是谁的主意，谁的决策？

这篇壁报对沈先生的压力很大，沈先生由神经极度紧张，到患了类似迫害狂的病症（老是怀疑有人监视他，制造一些尖锐声音来刺激他），直接的原因，就是这张大字壁报。

沈先生在精神濒临崩溃的时候，脑子却又异常清楚，所说的一些话常有很大的预见性。四十年前说的话，今天看起来还是很准确。

“一切终得变”，沈先生是竭力想适应这种“变”的。他在写给吉六君的信上说：

> 用笔者求其有意义，有作用，传统写作方式以及对社会态度，值得严肃认真加以检讨，有所抉择。对于过去种种，得决心放弃，从新起始来学习。这个新的起始，并不一定即能配合当前需要，唯必能把握住一个进步原则来肯定，来完成，来促进。

但是他又估计自己很难适应：

> 人近中年，情绪凝固，又或因情绪内向，缺乏适应能力，用笔方式，二十年三十年统统由一个“思”字出发，此时却必须用“信”字起步，或不容易扭转。过不多久，即未被迫搁笔，亦终得把笔搁下。这是我们一代若干人必然结果。

不幸而言中。沈先生对自己搁笔的原因分析得再清楚不过了。不断挨骂，是客观原因；不能适应，有主观成分，也有客观因素。一九四九年后搁笔的，在沈先生一代人中不止沈先生一个人，不过不像沈先生搁得那样彻底，那样明显，其原因，也不外是“思”与“信”的矛盾。三十多年来，直到“文化大革命”结束，中国文艺的主要问题也是强调“信”，忽略“思”。十一届三中全会以后，新时期十年文学的转机，也正是由“信”回复到“思”，作家可以真正地独立思考，可以用自己的眼睛观察生活，用自己的脑和心思索生活，用自己的手表现生活了。

北平一解放，我们就觉得沈先生无法再写作，也无法再在北京大学教书。教什么呢？在课堂上他能说些什么话呢？他的那一套肯定是不行的。

沈先生为自己找到一条出路，也可以说是一条退路，改行。

沈先生的改行并不是没有准备、没有条件的。据沈虎雏说，他对文物的兴趣比对文学的兴趣产生得更早一些。他十八岁时曾在一个统领官身边做书记。这位统领官收藏了百来轴自宋至明清的旧画，几十件铜器及古瓷，还有十来箱书籍，一大批碑帖。这些东西都由沈先生登记管理。由于应用，沈先生学会了许多知识。无事可做时，就把那些古画一轴一轴地取出，挂到壁间独自欣赏，或翻开《西清古鉴》《薛氏彝器钟鼎款识》来看。“我从这方面对于这个民族在一段长长的年份中，用一片颜色，一把线，一块青铜或一堆泥土，以及一组文字，加上自己生命做成的种种艺术，皆得了一个初步普遍的认识。由于这点初步知识，使一个以鉴赏人类生活与自然现象为生的乡下人，进而对人类智慧光辉的领会，发生了极宽泛而深切的兴味。”（见《从文自传·学历史的地方》）沈先生对文物的兴趣，自始至终，一直是从这一点出发的，是出于对于民族、对于民族的历史和文化的深爱。他的文学创作、文物研究，都浸透了爱国主义的感情。从热爱祖国这一点上看，也可以说沈先生并没有改行。我心匪石，不可转也，爱国爱民，始终如一，只是改变了一下工作方式。

沈先生的转业并不是十分突然的，是逐渐完成的。北京解放前一年，北大成立了博物馆系，并设立了一个小小的博物馆。这个博物馆是在杨振声、沈从文等几位热心的教授的赞助下搞起来的，馆中的陈列品很多是沈先生从家里搬去的。历史博物馆成立以后，因与馆长很熟，时常跑去帮忙。后来就离开北大，干脆调过去了。沈先生改行，心情是很矛盾的，他有时很痛苦，有时又觉得很轻松。他名心很淡，不大计较得失。沈先生到了历史博物馆，除了鉴定文物，还当讲解员。常书鸿先生带了很多敦煌壁画的摹本在午门楼上展览，他自告奋勇，每天都去，我就亲眼看见他非常热情兴奋地向观众讲解。一个青年问我：“这人是谁，他怎么懂得那么多？”从一个大学教授到当讲解员，沈先生不觉有什么“丢份”。他那样子不但是自得其乐，简直是得其所哉。只是熟人看见他在讲解，心里总不免有些凄然。

沈先生对于写作也不是一下就死了心。“跛者不忘履”，一个人写了三十年小说，总不会彻底忘情，有时是会感到手痒的。他对自己写作是很有信心的，在写给我的信上说：“拿破仑是伟人，可是我们羡慕也学不来。至于雨果、莫里哀、托尔斯泰、契诃夫等等的工作，想效法却不太难（我初来北京还不懂标点时，就想到这并不太难）。”直到一九六一年写给我的长信上还说，因为高血压，馆（历史博物馆）中已决定“全休”，他想用一年时间“写本故事”（一个长篇），写三姐家堂兄三代闹革命。他为此两次到宣化去，“已得到十万字材料，估计写出来必不会太坏……”想重新提笔，反反复复，经过多次，终于没有实现。一是客观环境不允许，他自己心理障碍很大。他在写给我的信上说：“幻想……照我的老办法，呆头呆脑用契诃夫作个假对象，竞赛下去，也许还会写个十来个本本的……可是万一有个什么人在刊物上寻章摘句，以为这是什么‘修正主义’，如此或如彼地一说，我还是招架不住，也可说不费吹灰之力，一切努力，即等于白费。想到这一点，重新动笔的勇气，不免就消失一半”。二是，他后来一头扎进了文物，“越陷越深”，提笔之念，就淡忘了。他手里有几十个研究选题待完成，他有很大的责任感和紧迫感，时间精力全为文物占去，实在顾不上再想写作了。

从写小说到改治文物，而且搞出丰硕的成果，失之东隅，收之桑榆，就沈先生个人说，无所谓得失。就国家来说，失去一个作家，得到一个杰出的文物研究专家，也许是划得来的。但是从一个长远的文化史角度来看，这算不算损失？如果是损失，那么，是谁的损失？谁为为之，孰令致之？这问题还是很值得我们深思的。我们应该从沈从文的转业得出应有的历史教训。

一九八八年八月二十四日

注释

原载《真善美》一九八九年第一、二期合刊号。

吴雨僧先生二三事

吴宓（雨僧）先生相貌奇古。头顶微尖，面色苍黑，满脸刮得铁青的胡子，有学生形容他的胡子之盛，说是他两边脸上的胡子永远不能一样：刚刮了左边，等刮右边的时候，左边又长出来了。他走路很快，总是提了一根很粗的黄藤手杖。这根手杖不是为了助行，而是为了矫正学生的步态。有的学生走路忽东忽西，挡在吴先生的前面，吴先生就用手杖把他拨正。吴先生走路是笔直的，总是匆匆忙忙的。他似乎没有逍遥闲步的时候。

吴先生是西语系的教授。他在西语系开了什么课我不知道。他开的两门课是外系学生都可以选读或自由旁听的。一门是“中西诗之比较”，一门是“红楼梦”。

“中西诗之比较”第一课我去旁听了。不料他讲的第一首诗却是：

> 一去二三里，烟村四五家，
> 楼台六七座，八九十枝花。

吴先生认为这种数字的排列是西洋诗所没有的。我大失所望了，认为这讲得未免太浅了，以后就没有再去听，其实讲诗正应该这样：由浅入深。数字入诗，确也算得是中国诗的一个特点。骆宾王被人称为“算博士”。杜甫也常以数字为对，如“两个黄鹂鸣翠柳，一行白鹭上青天”，“窗含西岭千秋雪，门泊东吴万里船”。吴先生讲课这样的“卑之勿甚高论”，说明他治学的朴实。

“红楼梦”是很“叫座”的，听课的学生很多，女生尤其多。我没有去听过，但知道一件事。他一进教室，看到有些女生站着，就马上出门，到别的教室去搬椅子。联大教室的椅子是不固定的，可以搬来搬去。吴先生以身作则，听课的男士也急忙蜂拥出门去搬椅子。到所有女生都已坐下，吴先生才开讲。吴先生讲课内容如何，不得而知。但是他的行动，很能体现“贾宝玉精神”。

文林街和府甬道拐角处新开了一家饭馆，是几个湖南学生集资开的，取名“潇湘馆”，挂了一个招牌。吴先生见了很生气，上门向开馆子的同学抗议：林妹妹的香闺怎么可以作为一个饭馆的名字呢！开饭馆的同学尊重吴先生的感情，也很知道他的执拗的脾气，就提出一个折中的方案，加一个字，叫作“潇湘饭馆”。吴先生勉强同意了。

听说陈寅恪先生曾说吴先生是《红楼梦》里的妙玉，吴先生以为知己。这个传说未必可靠，也许是哪位同学编出来的。但编造得颇为合理，这样的编造安在陈先生和吴先生的头上，都很合适。

吴先生长期过着独身生活，吃饭是“打游击”。他经常到文林街一家小饭馆去吃牛肉面。这家饭馆只有一间门脸，卖的也只是牛肉面。小饭馆的老板很尊重吴先生。抗战期间，物价飞涨，小饭馆随时要调整价目。每次涨阶，都要征得吴先生同意。吴先生听了老板说明涨价的理由，把老的价目表撤下，在一张红纸上用毛笔正楷写一张新的价目表贴在墙上：炖牛肉多少钱一碗，牛肉面多少钱一碗，净面多少钱一碗。

抗战胜利，三校（西南联大是清华、北大、南开联合起来的）复原，不知道为什么吴先生没有回清华（他是老清华了），我就没有再见到吴先生。有一阵谣传他在四川出了家，大概是因为他字“雨僧”而附会出来的。后来打听到他辗转在武汉大学、香港大学教书，最后落到北碚师范学院。“文化大革命”中挨斗得很厉害。罪名之一，是他曾是“学衡派”，被鲁迅骂过。这是一篇老账了，不知道造反派怎么翻了出来。他在挨斗中跌断了腿。他不能再教书，一个月只能领五十元生活费。他花三十七块钱雇了一个保姆，只剩下十三块钱，实在是难以度日。后来他回到陕西，死在老家。吴先生可以说是穷困而死。一个老教授，落得如此下场，哀哉！

一九八九年一月七日

注释

原载《今古传奇》一九八九年第三期。

关于于会泳

于会泳死了大概有二十年了，现在没有人提起他。年轻人大都不知道有过这个人。但是提起“十年浩劫”，提起“革命样板戏”，不提他是不行的。写戏曲史，不能把他“跳”过去，不能说他根本没有存在过。——戏曲史不论怎么写，总不能对这十年只字不提，只是几张白纸。

于会泳从一个文工团演奏员、音乐学院教研室主任，几年工夫爬到文化部部长，则其人必有“过人”之处。

于会泳对文艺与政治的关系有他的看法。他曾经领导组织了一台晚会，有三个小戏，是抓特务的，阎肃半开玩笑地对他说：“一个晚上抓了三个特务，你这个文化部成了公安部了！”于会泳当时没有说什么。第二天在宾馆里做报告，于会泳非常严肃地说："文化部就是要成为意识形态的公安部！”弄得大家都很尴尬。本来是一句玩笑话，他却提到了原则高度。这个人翻脸不认人，和他开不得半句玩笑。这是个不讲人情的人。

把文化部说成是“意识形态的公安部”，持这种看法的人，现在还有。

于会泳善于把江青的片言只句加以敷衍，使得它更加“周密”，更加深化，更带有“理论”色彩。江青很重视主题。在她对《杜鹃山》做指示时说："主题是改造自发部队，这一点不能不明确。”于会泳后来就在一次报告中明确提出："主题先行”。应该佩服这位文化部长，概括得非常准确。——其荒谬性也就暴露得更加充分，尤其荒谬的是把人物分等论级。他提出一个公式："在所有人物中突出正面人物，在正面人物中突出英雄人物，在英雄人物中突出主要英雄人物。”这就是有名的“三突出”。世界文艺理论中还从来没有人提出过这种阶梯模式，在创作实践中也绝对行不通。连江青都说："我没有提过‘三突出’，我只提过一突出，——突出英雄人物。”

主题先行、“三突出”，这两大“理论”影响很大，遗祸无穷。

于会泳是搞音乐的。平心而论，他对戏曲音乐唱腔是有贡献的。他的贡献可以说是前无古人。很多人都想对京剧唱腔有所创新，有所突破，但找不到方法。有人拼命使用高八度。还有人违反唱腔的自然走势，该往高处走的，往低处走；该往低处走的，往高处。有个老演员批评某些唱腔设计是“顺姐她妹妹——别妞（扭）”。于会泳走了另外一条路：把地方戏曲、曲艺的腔吸收进京剧。他对地方戏、曲艺的确下过一番功夫，据说他曾分析过几十种地方戏、曲艺，积累了很多音乐素材，把它吸收进来，并与京剧的西皮、二黄融合在一起，使京剧的音乐语言大大丰富了。听起来很新鲜，不别扭。

于会泳把西方歌剧的人物主题旋律的方法引用到京剧唱腔中来，运用得比较成功的是《杜鹃山》柯湘的唱腔，既有性格，也出新，也好听。

“音乐布局”是于会泳关于京剧唱腔的一个较新的概念。他之受知于江青，就是在江青在上海定《沙家浜》为样板时，他在报纸上发表了一篇《论〈沙家浜〉的音乐布局》的文章。“样板”当时还未被人承认，于会泳这篇文章正是她所需要的。文章言之成理，她很欣赏。关于音乐唱腔，毛泽东提出：一定要有大段唱，老是散板摇板，要把人的胃口唱倒的。江青提出一个“成套唱腔”的概念，于会泳就发展成“核心唱段”。这些都是有道理的，但是不能绝对。老戏也有成套的唱腔。《文昭关》《捉放曹》的“叹五更”都是成套的，也可以说是唱段的核心。《四郎探母》杨延辉开场即唱，而且是大段，但从剧本看，却很难说这是核心。唱腔布局不能机械划分，首先必须受剧情的制约。但是唱腔要有总体构思，是对的。否则就会零碎散乱。

于会泳的功劳之一，是创造了一些新的板式。例如《海港》的“二黄宽板”。演员拿到曲谱，不知道怎么拍板，因为这样轻重拍的处理，在老戏里是没有的。又如《杜鹃山》柯湘唱的“家住安源萍水头”就不知道是什么板。似乎是西皮二六，但二六的节奏没有那么多的变化。起初是比较舒缓的回忆，当中是激越的控诉，节奏加快，最后“叫散”，但却转为高腔，结句重复，形成“搭句”。于会泳好像也没有给这段新板式起个名字。

于会泳设计唱腔还有一个特点，即同时把唱法（他叫作“润腔手段”）也设计出来。在演员唱不好时，他就自己示范（他能唱，而且小嗓很好）。

于会泳有罪，有错误，但是是个有才能的人。他在唱腔、音乐上的一些经验，还值得今天搞京剧音乐的同志借鉴、吸收。

一九九六年十一月十七日

潘天寿的倔脾气

潘天寿曾到北京开画展，《光明日报》出了一版特刊，刊头由康生题了两行字：

画师魁首
艺苑班头

这使得很多画家不服。

过了几年，“文革”开始，“金棍子”姚文元对潘天寿进行了大批判，称之为“反革命画家”。

康生和姚文元都是“无产阶级司令部”管意识形态的，一前一后，对潘天寿的评价竟然如此悬殊，实在令人难解。康生后来有没有改口，没听说，不过此人善于翻云覆雨，对他说过的话常会赖账，姑且不去管他。姚文元只凭一个画家的画就定人为“反革命”，下手实在太狠了。姚文元的批判文章很长，不能悉记，只约略记得说从潘天寿的画来看，他对现实不满，对新社会有刻骨的仇恨等等。

姚文元的话不是一点“道理”没有，潘天寿很少画过歌功颂德的画（偶尔也有，如《运粮图》）。他的画有些是“有情绪”的，他用笔很硬，构图也常反常规，他的名作《雁荡山花》用平行构图，各种山花，排队似的站着，不欹侧取势；用墨也一律是浓墨勾勒，不以浓淡分远近，这些都是画家之大忌。山花茎叶瘦硬，真是“山花”，是在少雨露、多沙砾的恶劣环境的石缝中挣扎出来的。然而这些花还是火一样、靛一样使劲地开着，显出顽强坚挺的生命力，这样的山花使一些人得到鼓舞，也使一些人觉得不舒服，——如姚文元。

潘天寿画鸟有个特点。一般画鸟，鸟的头大都是朝着画里，对娇艳的花叶流露出欣喜和感激；潘天寿的鸟都是眼朝画外，似乎愤愤不平，对画里的花花世界不屑一顾。

在展览会上见过他的一幅雏鸡图，题曰：××农场所见。这是一只半大雏公鸡，背身，羽毛未丰，肌肉鼓突，一只腿上拖了一只烂草鞋。看了，使人感到这只小公鸡非常别扭。说潘天寿此画是有感而发，感同身受，我想这不为过分。

姚文元对这样的画恨之入骨，必欲置潘天寿于死地，说明这个既残忍又懦弱的阴谋家还是敏感的。

问题是在画里略抒愤懑，稍发不平之气，可以不可以？

不要使画家都变成如意馆的待诏[1]。

注释

原载一九九七年二月十四日《南方周末》。

① 清代御用画家的一种名称。

齐白石的童心

曾见齐白石册页四开，都很有趣，内一开画淡蓝色的藤花数穗，很多很多野蜜蜂，在花间上下乱飞，用金冬心体作了颇长的题跋：

> 家山有野藤，花时游蜂无数，×孙小时曾为蜂所螫。此×孙能作此藤花矣。静思往事，如在目底。

题跋似明人小品，极有风致。“静思往事，如在目底”，用老人的家乡话说：“此言说得有味。”

事隔多年，画和题跋都不忘。题跋字句或小有出入，老人的孙子的名已模糊，只好以“×”代之。此画已印为单页，倘或有缘再见，当逐字核对。

此画之美，在于有一片温情，一片童心，一片人道主义。第一流的画家所以高出平庸的（尽管技法很熟练）画家，分别正在一个有童心，一个“冇”。

注释

原载一九九七年四月十一日《南方周末》。

张郎且莫笑郭郎

我从小就爱看漫画。家里订了老《申报》，《申报》有杂文版，杂文版每天都有一幅漫画，漫画的作者是杨清磬和丁悚。丁悚即丁聪的父亲，人称“老丁”。丁聪所以被称为“小丁”，大概和他的令尊被称为“老丁”有关。杨清磬和丁悚好像是包了这块地盘，“轮流值班”，一天不落。他们作画都很勤，而画风互异，一望而知。杨清磬用笔柔细飘逸，而丁悚则比较奔放老辣，于人事有较深的感慨。我曾经见过一张老丁的画，画面简练：一个人在扬袖而舞；另一人据案饮酒，神情似在对舞者嘲笑。画之右侧题诗一首：

张郎当筵笑郭郎，
笑他舞袖太郎当。
若教张郎当筵舞，
恐更郎当舞袖长。

不知道是谁的诗，是老丁自己的大作还是借用别人的？诗是通俗好懂的，但是很有意思，读起来也很好听，因此我看过就记住了，差不多过了七十年了，还记得。人的记忆也很怪。不过主要还是因为诗和画都好。

现在能画这样的画——笔意在国画和漫画之间，能题这样也深也浅，富于阅历的诗的画家似乎没有了。这样的画家要具备两个条件：一是得是画家，二是得是诗人。

我曾把老丁题画诗抄给小丁，他说他一点印象也没有，岂有此理！

小丁说他对老大人的画，一张也没有保留下来。我建议丁聪在其“家长”协助下，把丁悚的作品搜集搜集，出一本《丁悚画集》。这对丁悚是个纪念，同时也可供医学界研究小丁身上的遗传基因是怎样来的。

注释

原载一九九七年一月十日《南方周末》。

蔡德惠

我与蔡德惠君说不上什么交情，只是我很喜欢他这个人。同在联大新校舍住了几年，彼此似乎是毫无往来。他不大声说话，也没有引人注意的举动，除了他系里学术上的集会，他大概很少参加人多的场合，（我印象如此，许是错了，也未可知）我们那个时候认得他的人恐怕不多。我只记得有一次，一个假日，人多出去了，新校舍显得空空的，树木特别的绿，他一个人在井边草地上洗衣服，一脸平静自然，样子非常的好。自此他成为我一个不能忘去的人。他仿佛一直是如此。既是一个人，照理都有忧苦激愤，感情失常的时候，蔡君短短一生中自必也见过遇过若干足以扰乱他的事情，我与他相知甚浅，不能接触到他生活全面，无由知道。凡我历次所见，他都是那么对世界充满温情，平静而自然的样子。我相信他这样的时候最多。也不知怎么一来，彼此知道名字，路上见到也点点头。他人颇瘦小，精神还不错。

我离开联大到昆明乡下一个中学去教书，就不大再见到他。学校同事中也有熟识他的人，可谈话中未听见提过他的名字。想是他们以为我不认得他。再，他人极含蓄，一身也无甚“故事”可以作谈话资料，或说无甚可以作为谈话资料的故事。我就知道他在生物系书读得极好，毕业后研究植物分类学，很有希望。研究室在什么地方，我亦熟悉，他大概经常在里面工作。有一次学校里教生物的两个先生告诉我要带学生出去看一次，问我高兴不高兴一起去走走，说“蔡德惠也来的”。果然没有儿大他就来了。带了一大队学生出去，大家都围着他，随便掐一片叶子，找一朵花，问他，他都娓娓地说出这东西叫什么，生活情形，分布情形如何，有个什么故事与这有关，哪一篇诗里提到过它。说话还是轻轻的，温和清楚。现在想起来，当时不觉得，他似乎比以前更瘦了些。是秋天，野地里开了许多红白蓼花。他好像是穿了一件灰色长衫。

后来，有一次，雨季，我到联大去。太阳一收，雨忽然来了，相当的大，当时正走过他的研究室，心想何不看看他去，一推门就进去了。我来，他毫不觉得突兀。稍为客气地接待我。仿佛谁都可以推开他的门进去的一样。一进门我就看见他墙上一只蛾子，颜色如红宝石，略有黑色斑纹。他指点给我看，说了一些关于蛾蝶的事。他四壁都是植物标本，层层叠叠，尚待整理。他说有好些都是从滇西采集来的，拿出好些东西给我看，都极其特别。他让我拣两样带回去玩，我挑了几片木蝴蝶。这几片东西一直夹在我一本达尔文的书里，有一天还翻出来过。现在那本书丢在昆明，若有人翻出，大概会不知道它是什么玩意儿，更无从想象是如何得来的了。那天他说话依然极其平和，如说家常，无一分讲堂气。但有一种隐隐的热烈，他把感情都倾注在工作上了，真是一宗爱的事业。

天晴了，我们出来，在他手营的小花圃里看了看。花圃里最亮的一块是金蝶花，正在盛开，黄闪闪的。几丛石竹，则在深深的绿色之中郁郁的红。新雨之后，草头全是水珠。我停步于土墙上一方白色之前，他说："是个日晷。"所谓日晷，是方方地涂了一块石灰，大小一手可掩，正中垂直于墙面插了一支竹丁。看那根竹丁的影子，知道是什么时候了。不知什么道理，这东西教人感动，蔡君平时在室内工作，大概常常要出来看一看墙上的影子的吧。我离开那间绿荫深蔽的房子不到几步，已经听到打字机嗒嗒地响起来。

这以后我就一直没有看见过他。偶然因为一件小事，想起这么一个沉默的谦和的人员，那么庄严认真地工作，觉得人世甚不寂寞，大有意思。

忽然有一天，朋友告诉我，"蔡德惠进了医院，已经不行了，肺差不多烂完了，一点办法都没有，明天，最多是后天的事情。"

"以前没听说他有病呀？"

"是呢，一直也没有发现。一定很久了，不知道他自己怎么没觉得，一来就吐了血，送医院一检查……"

当时我竟未到医院里去看看他。过两天，有人通知我什么时候在联大新校舍后面坟场上火化，我又糊里糊涂没有去参加。现在人死了已近半年，大家都离开云南，我不知道他孤坟何处，在上海这个人海之中，却又因为一件小事而想起他来，因而写了这篇短文，遥示悼念。希望他生前朋友能够见到。

我离开昆明较晚，走之前曾到联大看过几次。那间研究室锁着锁，外面藤萝密密遮满木窗，小花圃已经零落，犹有几枝残花在寂静中开放，草长得非常非常高。那个日晷还好好的在，雪白，竹丁影子斜斜地落在右边。——这样的结尾，不免俗套，近乎完成一个文章格局，虽如此说，只好由它了。原说过，是想给德惠生前朋友看看的。

注释

原载一九四七年三月七日天津《大公报》。

鸡毛

西南联大有一个文嫂。

她不是西南联大的人。她不属于教职员工，更不是学生。西南联大的各种名册上都没有“文嫂”这个名字。她只是在西南联大里住着，是一个住在联大里的校外的人。然而她又的的确确是“西南联大”的一个组成部分。她住在西南联大的新校舍。

西南联大有许多部分：新校舍、昆中南院、昆中北院、昆华师范、工学院……其他部分都是借用的原有的房屋，新校舍是新建的，也是联大的主要部分。图书馆、大部分教室、各系的办公室、男生宿舍……都在新校舍。

新校舍在昆明大西门外，原是一片荒地。

有很多坟，几户零零落落的人家。坟多无主。有的坟主大概已经绝了后，不难处理。有一个很大的坟头，一直还留着，四面环水，如一小岛，春夏之交，开满了野玫瑰，香气袭人，成了一处风景。其余的，都平了。坟前的墓碑，有的相当高大，都搭在几条水沟上，成了小桥。碑上显考显妣的姓名分明可见，全都平躺着了。每天有许多名师大儒、莘莘学子从上面走过。住户呢，由学校出几个钱，都搬迁了。文嫂也是这里的住户。她不搬。说什么也不搬。她说她在这里住惯了。联大的当局是很讲人道主义的，人家不愿搬，不能逼人家走。可是她这两间破破烂烂的草屋，不当不间地戳在那里，实在也不成个样子。新校舍建筑虽然极其简陋，但是是经过土木工程系的名教授设计过的，房屋安排疏密有致，空间利用十分合理，那怎么办呢？主其事者跟文嫂商量，把她两间草房拆了，另外给她盖一间，质料比她原来的要好一些。她同意了，只要求再给她盖一个鸡窝。那好办。

她这间小屋，土墙草顶，有两个窗户（没有窗扇，只有一个窗洞，有几根直立着的带皮的树棍），一扇板门。紧靠西面围墙，离二十五号宿舍不远。

宿舍旁边住着这样一户人家，学生们倒也没有人觉得奇怪。学生叫她文嫂。她管这些学生叫“先生”。时间长了，也能分得出张先生、李先生、金先生、朱先生……但是，相处这些年了，竟没有一个先生知道文嫂的身世，只知道她是一个寡妇，有一个女儿。人很老实。虽然没有知识，但是洁身自好，不贪小便宜。除非你给她，她从不伸手要东西。学生丢了牙膏肥皂、小东小西，从来不会怀疑是她顺手牵羊拿了去。学生洗了衬衫，晾在外面，被风吹跑了，她必为捡了，等学生回来时交出：“金先生，你的衣服。”除了下雨，她一天都是在屋外待着。她的屋门也都是敞开着的。她的所作所为，都在天日之下，人人可以看到。

她靠给学生洗衣服、拆被窝维持生活。每天大盆大盆地洗。她在门前的两棵半大榆树之间拴了两根棕绳，拧成了麻花。洗得的衣服，夹紧在两绳之间。风把这些衣服吹得来回摆动，霍霍作响。大太阳的天气，常常看见她坐在草地上（昆明的草多丰茸齐整而极干净）做被窝，一针一针，专心致志。衣服被窝洗好做得了，为了避免嫌疑，她从不送到学生宿舍里去，只是叫女儿隔着窗户喊：“张先生，来取衣服。”——“李先生，取被窝。”

她的女儿能帮上忙了，能到井边去提水，踮着脚往绳子上晾衣服，在床上把衣服抹煞平整了，叠起来。

文嫂养了二十来只鸡（也许她原是靠喂鸡过日子的）。联大到处是青草，草里有昆虫蚱蜢种种活食，这些鸡都长得极肥大，很肯下蛋。隔多半个月，文嫂就挎了半篮鸡蛋，领着女儿，上市去卖。蛋大，也红润好看，卖得很快。回来时，带了盐巴、辣子，有时还用马兰草提着一块够一个猫吃的肉。

每天一早，文嫂打开鸡窝门，这些鸡就急急忙忙，迫不及待地奔出来，散到草丛中去，不停地啄食。有时又抬起头来，把一个小脑袋很有节奏地转来转去，顾盼自若，——鸡转头不是一下子转过来，都是一顿一顿地那么转动。到觉得肚子里那个蛋快要坠下时，就赶紧跑回来，红着脸把一个蛋下在鸡窝里。随即得意非凡地高唱起来：“郭格答！郭格答！”文嫂或她的女儿伸手到鸡窝里取出一颗热烘烘的蛋，顺手赏了母鸡一块土坷垃：“去去去！先生要用功，莫吵！”这鸡婆子就只好咕咕地叫着，很不平地走到草丛里去了。到了傍晚，文嫂抓了一把碎米，一面撒着，一面

“咽咽，咽咽”叫着，这些母鸡就都即即足足地回来了。它们把碎米啄尽，就鱼贯进入鸡窝。进窝时还故意把脑袋低一低，把尾巴向下耷拉一下，以示雍容文雅，很有鸡教。鸡窝门有一道小坎，这些鸡还都一定两脚并齐，站在门槛上，然后向前一跳。这种礼节，其实大可不必。进窝以后，咕咕囔囔一会儿，就寂然了。于是夜色就降临抗战时期最高学府之一，国立西南联合大学的新校舍了。阿门。

文嫂虽然生活在大学的环境里，但是大学是什么，这有什么用，为什么要办它，这些，她可一点都不知道。只知道有许多“先生”，还有许多小姐，或按昆明当时的说法，有很多“摩登”，来来去去；或在一个洋铁皮房顶的屋子（她知道那叫“教室”）里，坐在木椅子上，呆呆地听一个“老倌”讲话。这些“老倌”讲话的神气有点像耶稣堂卖福音书的教士（她见过这种教士）。但是她隐隐约约地知道，先生们将来都是要做大事，赚大钱的。

先生们现在可没有赚大钱，做大事，而且越来越穷，找文嫂洗衣服、做被子的越来越少了。大部分先生非到万不得已，不拆被子，一年也不定拆洗一回。有的先生虽然看起来衣冠齐楚，西服皮鞋，但是皮鞋底下有洞。有一位先生还为此制了一则谜语：“天不知地知，你不知我知。”他们的袜子没有后跟，穿的时候就把袜尖往前拽拽，窝在脚心里，这样后跟的破洞就露不出来了。他们的衬衫穿脏了，脱下来换一件。过两天新换的又脏了，看看还是原先脱下的一件干净些，于是又换回来。有时要去参加party①，没有一件洁白的衬衫，灵机一动：有了！把衬衫反过来

① 英文：社交聚会。

穿！打一条领带，把纽扣遮住，这样就看不出反正了。就这样，还很优美地跳着《蓝色的多瑙河》。有一些，就完全不修边幅，衣衫褴褛，囚首垢面，跟一个叫花子差不多了。他们的裤子破了，就用一根麻绳把破处系紧。文嫂看到这些先生，常常跟女儿说："可怜！"

来找文嫂洗衣的少了，她还有鸡，而且她的女儿已经大了。

女儿经人介绍，嫁了一个司机。这司机是下江人，除了他学着说云南话："为哪样""咋个整"，其余的话，她听不懂，但她觉得这女婿人很好。他来看过老丈母，穿了麂皮夹克，大皮鞋，头上抹了发蜡。女儿按月给妈送钱。女婿跑仰光、腊戍，也跑贵州、重庆。每趟回来，还给文嫂带点曲靖韭菜花，贵州盐酸菜，甚至宣威火腿。有一次还带了一盒遵义板桥的化风丹，她不知道这有什么用。他还带来一些奇形怪状的果子。有一种果子，香得她的头都疼。下江人女婿答应养她一辈子。

文嫂胖了。

男生宿舍全都一样，是一个窄长的大屋子，土墼墙，房顶铺着木板，木板都没有刨过，留着锯齿的痕迹，上盖稻草；两面的墙上开着一列像文嫂的窗洞一样的窗洞。每间宿舍里摆着二十张双层木床。这些床很笨重结实，一个大学生可以在上面放放心心地睡四年，一直睡到毕业，无须修理。床本来都是规规矩矩地靠墙排列着的，一边十张。可是这些大学生需要自己的单独的环境，于是把它们重新调动了一下，有的两张床摆成一个曲尺形，有的三张床摆成一个凹字形，就成了一个一个小天地。按规定，每一间住四十人，实际都住不满。有人占了一个铺位，或由别人替他占了一个铺位而根本不来住；也有不是铺主却长期睡在这张铺上的；有根本不是联大学生，却在新校舍住了好几年的。这些曲尺形或凹字形的单元里，大都只有两三个人。个别的，只有一个，一间宿舍住的学生，各系的都有。有一些互相熟悉，白天一同进出，晚上联床夜话；也有些老死不相往来，连贵姓都不打听。二十五号南头一张双层床上住着一个历史系学生，一个中文系学生，一个上铺，一个下铺，两个人合住了一年，彼此连面都没有见过：因为这二位的作息时间完全不同。中文系学生是个夜猫子，每晚在系图书馆夜读，天亮才回来；而历史系学生却是个早起早睡的正常的人。因此，上铺的铺主睡觉时，下铺是空的；下铺在酣睡时，上铺没有人。

联大的人都有点怪。“正常”在联大不是一个褒词。一个人很正常，就会被其余的怪人认为“很怪”。即以二十五号宿舍而论，如果把这些先生的事情写下来，将会是一部很长的小说。如今且说一个人。

此人姓金，名昌焕，是经济系的。他独占北边的一个凹字形的单元。他不欢迎别人来住，别人也不想和他搭伙。他不知从哪里弄来一些木板，把双层床的一边都钉了木板，就成了一间屋中之屋，成了他的一统天下。凹字形的当中，摞着几个装肥皂的木箱——昆明这种木箱很多，到处有得卖，这就是他的书桌。他是相当正常的。一二年级时，按时听讲，从不缺课。联大的学生大都很狂，讥弹时事，品藻人物，语带酸咸，词锋很锐。金先生全不这样。他不发狂论。事实上他很少跟人说话。其特异处有以下几点：一是他所有的东西都挂着，二是从不买纸，三是每天吃一块肉。他在他的床上拉了几根铁丝，什么都挂在这些铁丝上，领带、袜子、针线包、墨水瓶……他每天就睡在这些叮叮当当的东西的下面。学生离不开纸。怎么穷的学生，也得买一点纸。联大的学生时兴用一种灰绿色布制的夹子，里面夹着一叠白片页纸，用来记笔记，做习题。金先生从不花这个钱。为什么要花钱买呢？纸有的是！联大大门两侧墙上贴了许多壁报、学术演讲的通告、寻找失物、出让衣鞋的启事，形形色色，琳琅满目。这些启事、告白总不是顶天立地满满写着字，总有一些空白的地方。金先生每天晚上就带了一把剪刀，把这些空白的地方剪下来。他还把这些纸片，按大小、纸质、颜色，分门别类，裁剪整齐，留作不同用处。他大概是相当笨的，因此每晚都开夜车。开夜车伤神，需要补一补。他按期买了猪肉，切成大小相等的方块，借了文嫂的鼎罐（他借用了鼎罐，都是洗都不洗就还给人家了），在学校茶水炉上炖熟了，密封在一个有盖的瓷坛里。每夜用完了功，就打开坛盖，用一只一头削尖了的筷子，瞅准了，扎出一块，闭目而食之。然后，躺在叮叮当当的什物之下，酣然睡去。

这样过了三年。到了四年级，他在聚兴诚银行里兼了职，当会计。其时他已经学了簿记、普通会计、成本会计、银行会计、统计……这些学问当一个银行职员，已是足用的了。至于经济思想史、经济地理……这些空空洞洞的课程，他觉得没有什么用处，只要能混上学分就行，不必苦苦攻读，可以缺课。他上午还在学校听课，下午上班。晚上仍是开夜车，搜罗纸片，吃肉。自从当了会计，他添了两样毛病。一是每天提了一把黑布阳伞进出，无论冬夏，天天如此。二是穿两件衬衫，打两条领带。穿好了衬衫，打好领带；又加一件衬衫，再打一条领带。这是干什么呢？若说是显示他有不止一件衬衫、一条领带吧，里面的衬衫和领带别人又看不见；再说这鼓鼓囊囊的，舒服吗？真是令人百思不得其解。因此，同屋的那位中文系夜游神送给他一个外号，这外号很长：“二十年目睹之怪现状”。

金先生很快就要毕业了。毕业以前，他想到要做两件事。一件是加入国民党，这已经着手办了；一件是追求一个女同学，这可难。他在学校里进进出出，一向像马二先生逛西湖：他不看女人，女人也不看他。

谁知天缘凑巧，金昌焕先生竟有了一段风流韵事。一天，他正提着阳伞到聚兴诚去上班，前面走着两个女同学，她们交头接耳地谈着话。一个告诉另一个：这人穿两件衬衫，打两条领带，而且介绍他有一个很长的外号：“二十年目睹之怪现状”。听话的那个不禁回头看了金昌焕一眼，嫣然一笑。金昌焕误会了：谁知一段姻缘却落在这里。当晚，他给这女同学写了一封情书。开头写道：“×× 女士芳鉴，敬启者……”接着说了很多仰慕的话，最后直截了当地提出：“倘蒙慧眼垂青，允订白首之约，不胜荣幸之至。随函附赠金戒指一枚，务祈笑纳为荷。”在“金戒指”三字的旁边还加了一个括弧，括弧里注明：“重一钱五”。这封情书把金先生累得够呛，到他套起钢笔，吃下一块肉时，文嫂的鸡都已经即即足足地发出声音了。

这封情书是当面递交的。

这位女同学很对得起金昌焕。她把这封信公布在校长办公室外面的布告栏里，把这枚金戒指也用一枚大头针钉在布告栏的墨绿色的绒布上。于是金昌焕一下子出了大名了。

金昌焕倒不在乎。他当着很多人，把信和戒指都取下来，收回了。

你们爱谈论，谈论去吧！爱当笑话说，说去吧！于金昌焕何有哉！金昌焕已经在重庆找好了事，过两天就要离开西南联大，上任去了。

文嫂丢了三只鸡，一只笋壳鸡，一只黑母鸡，一只芦花鸡。这三只鸡不是一次丢的，而是隔一个多星期丢一只。不知怎么丢的。早上开鸡窝放鸡时还在，晚上回窝时就少了。文嫂到处找，也找不着。她又不能像王婆骂鸡那样坐在门口骂——她知道这种泼辣做法在一个大学里很不合适，只是一个人叨叨："我叨（的）鸡呢？我叨鸡呢？……"

文嫂的女儿回来了。文嫂吓了一跳：女儿戴得一头重孝。她明白出了大事了。她的女婿从重庆回来，车过贵州的十八盘，翻到山沟里了。女婿的同事带了信来。母女俩顾不上抱头痛哭，女儿还得赶紧搭便车到十八盘去收尸。

女儿走了，文嫂失魂落魄，有点傻了。但是她还得活下去，还得过日子，还得吃饭，还得每天把鸡放出去，关鸡窝。还得洗衣服，做被子。有很多先生都毕业了，要离开昆明，临走总得干净干净，来找文嫂洗衣服、拆被子的多了。

这几天文嫂常上先生们的宿舍里去。有的先生要走了。行李收拾好了，总还有一些带不了的破旧衣物，一件渔网似的毛衣，一个压扁了的脸盆，几只配不成对的皮鞋——那有洞的鞋底至少掌鞋还有用……这些先生就把文嫂叫了来，随她自己去挑拣。挑完了，文嫂必让先生看一看，然后就替他们把曲尺形或凹字形的单元打扫一下。

因为洗衣服、拣破烂，文嫂还能岔乎岔乎，心里不至太乱。不过她明显地瘦了。

金昌焕不声不响地走了。二十五号的朱先生叫文嫂也来看看，这位“怪现状”是不是也留下一些还值得一拣的东西。

什么都没有。金先生把一根布丝都带走了。他的凹形王国里空空如也，只留下一个跟文嫂借用的鼎罐。文嫂毫无所得，然而她也照样替金先生打扫了一下。她的笤帚扫到床下，失声惊叫了起来：床底下有三堆鸡毛，一堆笋壳色的，一堆黑的，一堆芦花的！

文嫂把三堆鸡毛抱出来，一屁股坐在地下，大哭起来。

“啊呀天呐，这是我吻鸡呀！我吻笋壳鸡呀！我吻黑母鸡，我吻芦花鸡呀！……”

“我寡妇失业几十年哪，你咋个要偷我吻鸡呀！……”

“我风里来雨里去呀，我的命多苦，多艰难呀，你咋个要偷我吻呀！……”

“你先生是要做大事，赚大钱的呀，你咋个要偷我吻鸡呀！……”

“我吻女婿死在贵州十八盘，连尸都还没有收呀，你咋个要偷我吻鸡呀！……”

她哭得很伤心，很悲痛。

她好像要把一辈子所受的委屈、不幸、孤单和无告全都哭了出来。

这金昌焕真是缺德，偷了文嫂的鸡，还借了文嫂的鼎罐来炖了。至于他怎么偷的鸡，怎么宰了，怎样煺的鸡毛，谁都无从想象。

林子大了，什么鸟都有。

一九八一年六月六日

注释

原载《文汇月刊》一九八一年第九期。

文游台（忆昔春游何处好）

忆昔春游何处好，年年都上文游台。
树梢帆影轻轻过，台下豆花漫漫开。
秦邮碑帖怀铅拓，异代乡贤识姓来。
杰阁今犹存旧址，流风余韵未曾衰。

注释

本篇据赠郭祖江手迹编入。

编后记

我接手主编这套丛书的时候，有几分惶恐，有几分欣慰。惶恐的是怕汪迷嗤之以鼻，谓自身几斤几两皆不知，还能充当主编。欣慰的是，我虽从未走出高邮，但因一直守望乡土，拥有许多文友的呵护与支持，拥有父母官和汪老家人的关注和信任。我便有了特殊的自信，自踏入文艺界三十多年来，常常心想事成，要干的事总能干成干好。

高邮赵德清君，并非我的学生，他却以师相待。近年，他开设了“汪迷部落”微信公众号，分设出“文化旅游”“美食”“影视音乐书画”三个专题群，高邮“汪迷群”与上海、北京、扬州等地十多个“汪迷群”、文学文艺爱好者群建立了联系，在网络世界里，世界各地的汪曾祺文学爱好者的相互交流日益加强，“汪迷部落”二〇一九年十一月二十六日关注量达一万四千二百三十九人次。

在此书付梓之际，我由衷感谢出版社领导和编辑的认可及调整。为编此书，数月来，重温汪老的各类作品，反复揣摩，从中选取经典之作。我虽已届耄耋之年，体弱多病，但愿意接受这一劳心费力的挑战，善始善终地完成这“玩命”（家人语，你忙得要书不要命）的工作，要一“玩”到底。我也诚心欢迎广大读者指正，如此幸甚！

陈其昌

二〇一九年十二月六日

图书在版编目（CIP）数据
师友故人忆念中 / 汪曾祺著．—南京：译林出版社，2020.7
（汪曾祺经典）
ISBN 978-7-5447-8157-2

I.①师… II.①汪… III.①中国文学－当代文学－作品综合集 IV.①I217.2

中国版本图书馆CIP数据核字（2020）第 029808 号

师友故人忆念中　汪曾祺 / 著

责任编辑　王兰英
特约编辑　朱海华
装帧设计　鹏飞艺术
校　　对　刘文硕
责任印制　贺　伟

出版发行　译林出版社
地　　址　南京市湖南路 1 号 A 楼
邮　　箱　yilin@yilin.com
网　　址　www.yilin.com
市场热线　010-85376701
排　　版　鹏飞艺术
印　　刷　山东临沂新华印刷物流集团有限责任公司
开　　本　960 毫米 × 640 毫米　1/16
印　　张　15.75
版　　次　2020 年 7 月第 1 版　　2020 年 7 月第 1 次印刷
书　　号　ISBN 978-7-5447-8157-2
定　　价　42.80 元